# 君と時計と雨の雛

第三幕

綾崎 隼

講談社
タイガ

第三幕
Act 3

# 君と時計と雨の雛

デザイン：bookwall
イラスト：pomodorosa

# これまでの物語

一、大切な人の死を知り、『絶望』に至ることで『時震』が起こり、タイムリープが発生する。

二、タイムリープが発生する度に、
タイムリーパーにとって最も親しい人間が一人、世界から消失する。

三、消失した人間は、五年前から世界に存在しなかったことになる。

四、十月十日の夕刻、白新駅で織原芹愛が死ぬと、綜士にタイムリープが発生。
タイムリープに至った時刻を起点として、綜士は一ヵ月(三十日と九時間)過去に戻る。

五、十月十日の午後十時前、夜行祭の最中に、
古賀将成が時計塔から落下して死亡すると、雛美にタイムリープが発生。
雛美は半年（百八十八日）過去に戻る。

六、五年前の八月八日、午後八時過ぎ、八津代町で巨大な地震が発生。
しかし、物理的な被害はなく、ただ時計の時刻が狂うのみだった。
そのため千歳は、それを『地震』ではなく『時震』であったと推理。

七、五年前の時震発生時、小学六年生だった綜士は、
震源地の白鷹高校で懐中時計を失くしている。

八、八年前には佐渡島でも、時震と推測される同様の現象が発生したという記録が残っている。

# 登場人物紹介

杵城《きじょう》　綜士《そうし》――高校二年生、写真部。主人公。
草薙《くさなぎ》　千歳《ちとせ》――高校三年生、時計部。
織原《おりはら》　芹愛《せりあ》――高校二年生、陸上部。
鈴鹿《すずか》　雛美《ひなみ》――高校二年生。

海堂《かいどう》　一騎《かずき》――高校二年生、写真部。
織原《おりはら》　亜樹那《あきな》――芹愛の継母。綜士の担任。
織原《おりはら》　泰輔《たいすけ》――芹愛の父。
織原《おりはら》　安奈《あんな》――芹愛の姉。
鈴鹿《すずか》　緒美《つぐみ》――雛美の姉。
古賀《こが》　将成《しょうせい》――大学院生。

市橋《いちはし》　京香《きょうか》――芹愛のクラスメイト。
高須《たかす》　小春《こはる》――芹愛のクラスメイト。陸上部。
吉永《よしなが》　八重《やえ》――芹愛のクラスメイト。
宮野《みやの》　貴子《たかこ》――高校二年生、陸上部。
村木《むらき》　聡美《さとみ》――高校二年生、陸上部。
堂島《どうじま》　希《のぞみ》――高校三年生、陸上部。
河口《かわぐち》　美月《みづき》――高校一年生、陸上部。

# 君と時計と雨の雛

## 第三幕

# 幕間　ひとりぼっちのダ・カーポ

大好きな人たちを、ただ大切にしながら生きていけたなら。

きっと、それだけで彼女は幸せだったのに。

# 1

世界中の多くの人々がそうであるように、織原芹愛《おりはらせりあ》もまた自《みずか》らの家族を愛していた。厳格ではあるものの優しい父、身体は弱くとも人一倍明るい母、そして、いつだって笑顔を見せてくれる姉の安奈《あんな》。三人のことが芹愛は幼《おさな》い頃から大好きだった。

小学校に上がる前に母は亡くなってしまったけれど、芹愛が絶望することはなかった。どんな時でも、安奈が隣で笑っていてくれたからだ。

姉がいてくれたから寂《さび》しくなかった。母を思い出し、涙に暮れるしかない夜でも、一人きりで枕を濡《ぬ》らすことはなかった。

織原安奈は芹愛にとって拠《よ》り所《どころ》であり、希望であり、生きる意味でさえあったのだ。

しかし、この軽薄で不平等な世界は、時に弱者ばかりを冷たい雨で打つ。

芹愛が誰よりも愛する安奈は、幾《いく》つもの生来の弱さを抱える人間だった。

幼少期、三つ年上の安奈の背中は、芹愛の目にとても大きく映っていた。

いつだって安奈の背中を追いかけたかったし、その手が摑《つか》む物には何だって自分も触れてみたかった。けれど、自身もまた小学生になる頃、芹愛はこの世界に存在する確固たる格差に気付き始める。

安奈は同世代の子どもたちと比べ、はっきりと劣っていた。

勉強が出来ない。運動が出来ない。与えられた課題を、周囲と同様にこなせない。

人一倍、感受性が豊かで、誰よりも優しいのに、安奈は現代社会で生きるために必要とされる能力が極端に低かった。

劣っていることを自覚した後で、それでも、安奈が自暴自棄になることはなかった。

若くして死んでしまった母の代わりを、自分が務めなければならない。幼い妹は自分が守らなければならない。そんな意識が彼女を奮《ふる》い立たせるのか、安奈は決して卑屈になったりはしなかった。

同級生たちに除《の》け者《もの》にされ、いじめと言って良い嫌がらせを受けても、安奈は愚痴《ぐち》を吐かない。家族に当たることも決してなかった。

だが、いつかは芹愛も悟ることになる。気丈に振る舞う三つ年上の姉の世界が、決して光に満ちたものではないことに気付いてしまう。

いつだって幸せそうに笑って見せる姉が哀《かな》しかった。嘆《なげ》くことも、諦《あきら》めることもせずに、懸命に頑張り続ける姉の姿が、芹愛の目には哀しく映る。

安奈は小学校に上がる前から、自転車を欲しがっていた。

とはいえ父は娘の能力をよく理解していたのだろう。運動神経の悪い長女に、自転車を買い与えることを長くしぶっていた。

父が折れたのは、安奈の小学四年生が終わろうかという春のことだった。

「大人と一緒でない時は、空き地や公園以外で乗らないこと」

厳しい約束を父と交わし、安奈は念願の自転車を手に入れることになる。

初めて自転車を手にしたその日。

安奈は日が暮れるまで、芹愛と共に近所の空き地で練習を続けた。

姉妹の運動神経には明確な差がある。

補助輪のない足もつかない自転車を、芹愛があっという間に乗りこなした一方で、安奈の挑戦は最初から最後まで、まるで上手《うま》くいかなかった。

何度も転び、身体中に擦り傷を作りながら懸命に練習しているのに、いっこうに乗れるようにならない。

この愛が希薄な世界では、努力と成果が等号で結ばれない。

残酷なまでの能力の差を見せつけられて、なお、安奈は健気《けなげ》に笑って見せる。

「芹愛は凄《すご》いな。私、芹愛が自転車に乗れて嬉《うれ》しいな」

泥だらけの顔で、安奈は妹の成功を自分のことのように喜んでいた。彼女はたとえ自分が上手くいかなかったとしても、他人の成功をねたむような人間ではなかったのだ。

「楽しかったね。また、一緒に自転車に乗ろうね」

二人きりの帰り道で、姉は屈託《くったく》なく笑う。


あまりにも、あまりにも優しい姉が、安奈は大好きだった。

お母さんとはもう会えない。

甘えることも、我儘《わがまま》を聞いてもらうことも、もう出来ない。

だけど、自分には安奈がいる。

世界で一番大好きな姉が隣にいてくれる。


過去も、今も、そして多分、触れられない未来でも。

織原芹愛は心の底から、織原安奈を愛している。

## 2

安奈《あんな》が自転車に乗れるようになったのは、練習を始めてから実に二ヵ月後のことだった。ようやく乗りこなせるようになったことが、たまらなく嬉しいのだろう。

芹愛《せりあ》は自転車に対して、とっくに関心を失っていたが、安奈は一人きりでも気にしない。毎日、空き地に出掛けて行っては、日が暮れるまで自転車に乗っていた。

小学二年生、夏の足音が聞こえ始めた水無月《みなづき》の下旬。

学校から帰宅した芹愛は、その日もアニメの再放送を見て放課後を過ごしていた。

午後五時過ぎ。

いつもより随分と早く、安奈が帰宅する。

最近の姉は、毎日、辺りが暗くなってからか、仕事から帰宅した父と共に帰って来ていた。どうして今日はこんなに早かったのだろう。

「お姉ちゃんも一緒にテレビを見る？」

振り返った先、姉の表情が強張《こわば》っている。

安奈は何かを言いかけて口を開いたが、結局、一言も発さずに、逃げるように自室のある二階へと上がって行ってしまった。見慣れない姉の姿は気になったものの、芹愛は疑問を放置して、そのままテレビを見続けてしまう。


日も暮れかけた頃、誰かが家のチャイムを鳴らした。

芹愛が玄関の扉を開けると、立っていたのは道路を挟んで向かいの家に住む、杵城綜士《きじょうそうし》だった。

自分と同じ小学二年生、小学校に上がる前から知っている隣人である。ただ、幼稚園も別だったし、学校でもクラスが違うから喋《しゃべ》ることはない。

母が亡くなって以来、時折、杵城家からは夕食のお裾分《すそわ》けが届けられる。今日も母親からの指示を受け、お使いで綜士がやって来たのかと思ったのだけれど、彼は手ぶらであり、服は泥や砂で汚れていた。

「あのさ、安奈さんがいたら呼んできてくれない」

目も合わせずに、綜士はそう告げてきた。意味も分からないまま姉を呼びに行き、共に玄関から出ると……。

「これ、安奈さんのだよね。何で四年生が乗ってたの？」

門の外に姉の自転車が止められていた。

「……何処《どこ》でこれを」

「むらさき公園。『関谷《せきや》ボーイズ』の奴らが乗り回してた」

姉はそれが誰を指しているのか理解しているようだったが、芹愛には何のことかさっぱり分からない。

「関谷ボーイズって何?」

疑問を口にすると、綜士に面倒臭そうな顔で見つめられる。

「四年生までが入れる少年野球のチームだよ。選ばれた奴しか入団出来ないとかって言って、良い気になってやがるんだ。この自転車、安奈さんのでしょ? 俺、毎日、安奈さんが空き地で練習しているのを見てたよ。あいつらに取られたの?」

姉に問う綜士の目が笑っていなかった。

対照的に、安奈は困ったような苦笑いを浮かべている。それから……。

「私が悪いの。お前なんかに乗られたら自転車が可哀想《かわいそう》だって言われて」

「何だよ、それ。ふざけやがって。あのさ、言いたいことがあるなら言い返しなよ。あんな奴らの言いなりにならないで。安奈さん、五年生でしょ」

「でも、私はとろいから」

「そんなの関係ないじゃん。人の物は盗《と》っちゃ駄目だよ」

どうやら一人きりで空き地で遊んでいた姉は、野球チームの男の子たちに、自転車を奪われたらしい。気の弱い姉は抗議することも出来ずに、家に帰って来たのだ。

話を聞く限りでは相手は四年生だったという。綜士は怖くなかったのだろうか。自分たちより二つも年上の四年生は、身体だって大きい。喧嘩《けんか》をしたって勝てるわけがない。きっと、四年生たちが遊び飽きた後で、放置された自転車を持ってきてくれたのだろう。

小学五年生の姉と、芹愛は毎日、手を繫《つな》いで登校していた。

姉が大好きだったし、誰かにからかわれるという経験をしたこともなかったから、それはごく自然なことだった。しかし、そんな日々に予期せぬ悪意が訪れる。

いつものように手を繫いで歩いていると、突然、年上の男子が二人の間を割《さ》くように、無理やりすり抜けてきたのだ。絡《から》めていた指がほどけ、身体をぶつけられた芹愛と安奈は、それぞれが突き飛ばされるような形で左右によろける。

そのまま後続の男子たちも二人の間をすり抜け、笑いながら走り去っていった。

曲がり角の向こうに消えていく三人の男子を見つめながら、姉が表情を強張らせている。

……そうか。今の三人組が、綜士の話していた少年野球チームの男の子たちなのだ。

昨日、空き地で姉から自転車を奪ったというのも、きっと……。

翌日から熱を出してしまい、安奈は学校を休むことになった。

身体の弱い姉が学校を休むのは珍しい話ではない。けれど、やっぱり一人きりの登校は寂しかったし、心細かった。昨日あんなことがあったばかりである。また、男の子たちに身体をぶつけられたらどうしよう。想像するだけで怖くなってしまった。

芹愛の気持ちを知ってか知らずか、一度、熱を出してしまうと、大抵、一週間は学校を休む安奈が二日で回復した。

そして、再び手を繋いで歩き出した通学路で、それは起こる。

またしても、あの四年生たちが二人の絆《きずな》を裂くように、無理やり間をすり抜けていったのだ。加えられた予期せぬ力により痛めてしまったのか、人差し指を握り締めながら、安奈はうつむく。

「お前ら、邪魔だよ！」

二人を肩で突き飛ばした男子が振り返って叫び、

「そうだぞ！　手なんか繋いでいる奴は邪魔だ！」

彼の後を追い駆ける仲間たちが、同調の声を発する。

そんなことない。道路はこんなに広いじゃないか。

わざわざ間を通り抜けていったのは、嫌がらせ以外の何ものでもない。

そう思うのに、上級生の男子が怖くて芹愛は何も言えなかった。

安奈はうつむいたまま、一歩も動けなくなっている。


翌日から、芹愛と安奈は手を繋いで登校出来なくなる。

標的にされるのが怖い。また、無理やり引き離されるのが怖い。

ただ、並んで歩いているだけなら、放っておいてくれるだろう。そう思ったのに……。

「だから、邪魔だって言ってんだろ！」

横をすり抜ける時に、わざと肩を姉に当て、四年生たちが走り抜けていく。

「のろまは邪魔なんだよ！　端《はし》っこを歩け！」

不意打ちの体当たりをされた安奈は、よろけて地面に転んでしまった。


時間がかかってしまったけれど、ようやく気付く。

別に手を繋いでいたからじゃないのだ。そんなことは口実でしかなかった。

彼らは姉をからかって遊びたいだけだ。ただ、それだけのことだったのだ。

……だけど、どうして、こんな嫌がらせをされなきゃならないんだろう。

自分たちは彼らに何もしていない。こんなことをされなきゃいけない理由がない。

気の弱い姉は、決して言い返したり出来ない人間だ。やられるがまま、身をすくめることしか出来ない。そして、それは芹愛も同様だった。二つも年上の男の子たちに、言い返せるはずもない。そんなことをしたら、きっと、余計に……。

両手で口元を押さえて、姉が身体を震わせていた。

「あ！　あいつ、泣くぞ！」

「泣いたって邪魔なのは一緒だからな！」

どうして、この男の子たちは、人の気持ちが分からないんだろう。

人を傷つける前に、どうして相手の気持ちを想像出来ないんだろう。

無力な自分を恨めしく思いながら、芹愛が安奈の腕に身を寄せたその時……。

横から走ってきた一人の男子が、安奈に肩をぶつけた男子のランドセルに飛び蹴りを入れた。勢いよく飛ばされた男子が壁にぶつかり、ランドセルから教科書が散らばる。

「謝れよ！　お前、安奈さんに謝れよ！」

地面に倒れた四年生を睨《にら》みつけながら激昂《げきこう》していたのは、隣に住む杵城綜士だった。

突然、現れた下級生にほかの四年生が摑みかかろうとしたその時、

「綜士に触るな！」

「お前らのことは絶対に先生に言ってやるからな！」

次々と背後から、二年生の男子たちが現れ、綜士の周りを取り囲む。

思い出す。そうだ。目立つ綜士は、同級生たちの輪の中心にいる男の子だった。放課後の広場で見かける時も、学校で見かける時も、大抵、周りには友達が溢《あふ》れている。

「早く謝れよ！」

起き上がろうとする四年生を両手で突き飛ばして、綜士は再び叫ぶ。

「何だよ！　お前に関係ないだろ！」

「お前だって安奈さんと関係ないだろ！　謝れよ！」

「道路で邪魔になってる奴が悪いんだ！」

「はあ？　安奈さんが悪いわけないだろ！　自転車を奪ったのはお前らだぞ！」

いきり立つ綜士の指摘を受け、四年生は口をつぐむ。

「もう一度、安奈さんに手を出したら許さないからな！　お前の親にも、先生にも、野球チームの監督にも、全部言いつけてやる。こっちは皆が見てるんだ。分かったか！」

「……何だよ、お前。そんなに良い格好《かっこ》がしたいのかよ」

負け惜しみのように告げて、四年生たちは足早に逃げ去っていく。

「調子に乗りやがって。だから関谷ボーイズの奴らは嫌いなんだ。安奈さん、大丈夫？　怪我《けが》とかしてない？」

綜士に問われ、身体を縮こまらせたまま姉が頷《うなず》く。

「この前さ、むらさき公園でこいつの弟が遊んでたら、あいつらに野球をするからって言われて追い出されたんだよ。しかもボールまでぶつけやがったんだ。安奈さん、あいつらにまた何か嫌がらせをされたら教えてよ。俺、卑怯《ひきょう》な奴らは絶対に許さない」

……多分。

もう一度、あの人たちにいじわるをされても、争いごとが嫌いなお姉ちゃんは何も言わない。綜士にだけじゃない。誰にも何も言わずに抱え込むのだ。そういう人だ。

だけど、それでも、芹愛は嬉しかった。

年上の三人に立ち向かって、姉を守ってくれたことが。

姉は悪くなんてないと叫んでくれたことが。

芹愛にはとても、とても嬉しいことだった。

杵城綜士は芹愛にとって幼《おさな》馴染《なじみ》だ。

幼稚園は別であり、小学校のクラスも違う。ほとんど喋ったこともないけれど、身近な存在の男の子ではあった。

しかし、彼がこんなに勇敢な男の子だったなんて気付いていなかった。

その日から、芹愛は学校で見かける度に、綜士を目で追うようになる。

目立つグループの中心で笑う彼は、クラスメイトたちに慕われているようだった。いつも大勢の友達に囲まれていて、大きな声で楽しそうに話している。

快活で、よく笑う、自分なんかとは対照的な男の子だと思った。

あの日以来、登下校の最中に嫌がらせをされることはなくなった。

芹愛はあの日の一件をとても感謝していたが、当の綜士には気にしている素振りが見られない。時折、家の前で会っても、彼の態度はそれまでと変わらなかった。


時は緩慢《かんまん》に流れてゆく。

気付けば、姉は中学生になり、自分は四年生になっていた。

最近の綜士から、少しだけあどけなさが消えたように思うのは気のせいだろうか。

一年前の夏、杵城家の両親が離婚し、綜士の父は出て行ってしまった。多分、あの頃から、綜士はただ朗《ほが》らかなだけの少年ではなくなったのだろう。

相変わらず同級生たちの輪の中心にいるけれど、何処か冷めたような目で男の子たちを見ている気がする。


彼の父が出て行ってからも、杵城家との交流は変わらないままだった。

母に言いつけられて、綜士は時々、料理のお裾分けを持って来る。

「安奈さん。この前、もらった奴。シフォンケーキっていうんだっけ？　あれ、凄く美味《おい》しかった。また切れ端でも良いから作ったら分けてよ」

中学生になった姉は、お菓子作りを始め、最近は様々な手作りケーキに挑戦している。

どうやら自分の知らないところで綜士にも食べさせていたらしい。

綜士は安奈には話しかけることがあるけれど、自分には何も言ってこない。

ほとんど挨拶《あいさつ》もしたことがない。

ただ、隣に住んでいる同い年の女の子、自分はそれだけの存在なのだ。


……少しだけ胸が苦しいのは、何故《なぜ》だろう。

綜士が姉に話しかけている姿を見る時、胸の奥がチリチリと痛む気がする。

この不思議な感覚には、名前があるんだろうか。

もしも、お母さんが死んでいなければ、こういうことも教えてもらえたんだろうか。


小学五年生になった春、芹愛にとって嬉しい出来事が発生した。

その年のクラス替えで、初めて綜士とクラスメイトになったのである。

十年前から知っている男の子だ。家族構成も、家庭の事情も、全部知っている。

だけど、改めて教室で見る綜士の姿は新鮮だった。

彼が男の子たちのリーダー格であることは前から知っていたが、頭が良くて、運動神経も良い彼は、本当に目立つ存在だった。

声が大きくて、頭の回転も速い綜士の周りには、自然と男の子たちが集まっていく。友達のほとんどいない芹愛とは、対照的な児童だった。


輝いている人を見ていると、自分も頑張りたくなってくる。

綜士と同じクラスになったことで、芹愛はそんな感情を知ることになった。

これまでだって一生懸命、勉強はしていたけれど、一層、真剣に取り組むようになった。必要以上に目立ちたくなくて、体育の授業では、気付かぬまま自然と手を抜いてしまうことがあったのに、そういうこともなくなっていった。

人気者になりたいわけじゃない。周りの人間たちに認められたかったわけでもない。ただ、快活な綜士を見ていると、自分も頑張ってみたくなるのだ。

ベストを尽くそう。出来るだけのことをやってみよう。

意識が改革されたことで、芹愛の日々は確実に変わっていく。

ぐんぐんと成績が伸びていき、担任の自分に対する態度は明らかに変化した。体育の授業などでクラスメイトたちから向けられる視線も、以前とは一線を画している。

綜士とクラスメイトになって一年が経《た》ち、六年生になる頃、芹愛の存在感は彼と並び立つほどのものになっていた。

ほとんどのテストで百点を取る綜士は、担任に『ミスター・パーフェクト』などというあだ名で呼ばれている。しかし、最高学年を迎え、そんな綜士が満点を取れなかったテストで、芹愛一人が百点を取るなんてことも起こるようになっていた。

百メートル走のタイムでは敵《かな》わなかったものの、彼に肉薄するスコアで走り抜けた芹愛は、クラスで二位の成績だった。

不思議なくらいに思い通り身体が動く。細胞が覚醒《かくせい》していると、はっきり分かる。あと半年もすれば、あの綜士に追いつけるかもしれない。

クラスの中心で太陽みたいに笑う綜士は、皆の憧れだ。
自分は彼にはなれないけれど。
あんな風に皆を幸せにすることは出来ないけれど。
少しでも彼に近付けたら良いと思っていた。
まだ小学六年生だったあの頃、織原芹愛《おりはらせりあ》はそんなことを願いながら生きていた。

# 3

交際している女性がいると父に告げられたのは、小学六年生の六月のことだった。相手は高林亜樹那《たかばやしあきな》という名の高校教師で、死んだ母の友人だった女性らしい。人懐《ひとなつ》っこい安奈《あんな》は、すんなりと打ち解けていたが、警戒心の強い芹愛《せりあ》にとって、継母《ままはは》になるかもしれない女を受け入れるのは簡単なことではなかった。

母の友人だったのに、何故、その娘から父親を奪うような真似《まね》をするんだろう。友が死んでいるとはいえ、どうして、その友人の夫と恋愛関係に至れるのだろう。愛の意味など芹愛には分からなかったけれど、疑問が頭の中いっぱいに広がっていた。芹愛が亜樹那を受け入れようとしていないこと。それは、父にも亜樹那自身にも伝わっていた。

亜樹那は子どもの気持ちを無視して、物事を一方的に進めるような人間ではない。織原《おりはら》泰輔《たいすけ》との結婚話を進めるためにも、まずは娘たちとの関係性を構築することが肝要と考え、安奈や芹愛との時間を共有しようと努めていく。

芹愛の暮らす街では、毎年、八月八日に『八津代祭《やつしろさい》』なる催しが開催される。

昭和中期に第一回がスタートした、街をあげて行われる大規模な夏祭りであり、日本最大級の民謡流しと共に、クライマックスには花火が河川敷で打ち上げられる。

小学六年生の夏休み。

芹愛は姉と共に、八津代祭の花火大会を一緒に見ないかと亜樹那に誘われた。

八津代町の中心部には小高い丘があり、亜樹那が勤める白鷹《しろたか》高校はその頂上に建っている。白鷹高校は花火大会の打ち上げ会場からも近い。高校の屋上は、これ以上ないくらいの穴場スポットだろう。夏祭りのために当日は午後四時に学校が閉まり、鍵の管理を亜樹那が任されているらしい。

父には外せない仕事が入っていたものの、せっかくの機会だからと、娘二人だけで亜樹那と花火を見ることが決まる。そして、その日の花火大会は、様々な意味で芹愛にとって転機となった。

軽い夏風邪にかかってしまった安奈が家で休むことになり、迎えに来た亜樹那の車に乗って出向いた白鷹高校。まだ小学生だった芹愛の目に、高校の校舎はとても大きく映った。時計塔は雄大で、見ているだけで背伸びをしているような気分になる。

白鷹高校に通う高校生はとても優秀だと、父が言っていた。そんな高校で教師をするくらいだから、きっと、亜樹那も頭の良い人なのだろう。

「まだ花火開始には早いね。近くに屋台が出ているから覗《のぞ》きに行ってみようか」

出向いた祭り会場にて、芹愛は亜樹那に促《うなが》され、人生で初めて『金魚すくい』なるものを経験することになった。自宅に空の水槽があることを、亜樹那が覚えていたのだ。

針金に取り付けられた最中《もなか》が崩れてしまい、すぐに失敗してしまったものの、お店の人が二匹の赤い金魚と、一匹の黒い出目金を透明な袋に入れてくれた。久しぶりに何か飼いたいと父も言っていたし、きっと喜んでくれるだろう。

綿飴《わたあめ》を食べながら軽く散策した後で、白鷹高校へと戻ることになった。


職員用玄関の扉を亜樹那が開錠し、後に続いて校内に足を踏み入れる。

小学校とは天井の高さが違う。廊下の幅も広いし、流れている空気も違うような気がする。こんな場所に浴衣姿で足を踏み入れている自分が、何だか不思議だった。

「誰もいないから、そんなに緊張しなくて良いよ」

恐る恐る歩いていた芹愛に気付いて、亜樹那が優しく笑う。

「夕食をクーラーボックスに入れてあるから、それを取りに教務室に寄らせて」

窓から差し込む斜陽が眩《まぶ》しい。

高台にあるからだろう。窓の向こうに、八津代町の町並みが一望出来た。

屋上にレジャーシートを広げ、打ち上げ花火に見入る。

二人きりの時間が気まずくならないように、亜樹那は様々な話題を用意していた。打ち上がる花火の名前、仕組み、色んなことを教えてくれる。さすがに教師だけあって、説明は小学生の芹愛にも分かりやすいものだった。

しかし、亜樹那が良い人であることと、新しい母親として受け入れることは、まったく別種の問題だ。彼女がどれだけ誠実な人物であっても、問題はそこではない。

父が亡くなった母親以外の女を愛することが嫌だった。母が忘れられてしまうようで、母との想い出がなかったことになるみたいで、その愛を認めることが出来なかった。

父には父の人生がある。結婚に対して強硬に反対することまではしない。けれど、自分は絶対に彼女を母親とは認めないだろう。自分の母親は、亡くなってしまったあの大好きな母親だけだからだ。

打ち上げ花火の光が彩る夜の帳《とばり》。

芹愛が頑《かたく》なな決意を固めたその時、それは起こる。

突然、全身が強烈な浮遊感のようなものに襲われ、次の瞬間、上半身のバランスが崩れて、肩から屋上の床に倒れ込んでしまった。

「地震?」

上ずった声を漏らした亜樹那が、芹愛を庇《かば》うように覆《おお》い被《かぶ》さる。

こんな大地震は過去に経験したことがない。あまりの恐怖に、芹愛は亜樹那にしがみつき、両目を強く閉じて、揺れが収まるその時を待った。


三十秒は揺れていただろうか。

ようやく地震が収まり、目を開けると、亜樹那も顔を青褪《あおざ》めさせていた。

「芹愛ちゃん。大丈夫？　怖かったね。長く揺れていたし、震源地は凄いことになっているかもしれない。家も心配だわ。第二波がくるかもしれないし、帰ろうか」

一も二もなく頷く。今、姉の安奈は家で一人きりである。ただでさえ風邪を引いているのだ。心細くて仕方がないに違いない。一刻も早く姉の傍《そば》に駆け寄りたかった。


屋上を片付け、階段を下りていると、人の声が窓の外から聞こえた気がした。

踊り場で立ち止まり、屋外に目をやると、正門を走り抜けていく小さな影が見えた。暗くて良く分からなかったが、大人ではなく子どもだったような……。

外の声に気付かなかったのか、亜樹那はクーラーボックスを仕舞うために教務室へと向かっている。こんな場所に一人で残されるわけにはいかない。慌《あわ》ててその後を追った。

足を踏み入れた教務室。

「あんなに大きな地震があったのに……」

亜樹那が電灯のスイッチを入れると、目の前の机に、山のように教科書や資料集が積まれていた。バランスが悪く、今にも崩れ落ちそうに見える。先程の地震で雪崩《なだれ》が起きなかったのだろうか。亜樹那の机の脇に掛けておいた金魚も無事だった。袋の中の水が減っているということもない。

「何だか狐《きつね》につままれたみたい。ごめん。ちょっと室内を確認させて」

芹愛に断りを入れてから、亜樹那は奥へと進んでいった。

高校の教務室は、小学校の教務室とは随分と雰囲気が違った。

凄く狭い気がするのだけれど、これで教師の数はすべてなのだろうか。

戻ってきた亜樹那に質問すると、謎が解ける。どうやら高校では教科ごとに教務室が異なるらしい。小さな謎は解決したものの、地震で物が崩れていない理由は、大人の亜樹那にも分からないようだった。


自宅までの帰途。

亜樹那の運転する車に乗りながら、窓の外を流れていく景色を、ぼんやりと見つめていた。あんなに大きな地震があったのに、街の風景はいつもと変わらない。

大通りを走っていると、亜樹那の携帯電話が着信音を鳴らした。

「学年主任からだ。少し止めるね」

車を路肩に止めて、亜樹那が電話に出る。

いつの間に再開したのか、立ち並ぶ民家の向こうに、打ち上げ花火が見えていた。

耳を澄まさなくても、携帯電話から漏れる声は芹愛の鼓膜《こまく》にも届く。

どうやら祭り会場で、担任を受け持つクラスの生徒がトラブルを起こしたらしい。亜樹那はすぐに来るようにと呼び出されていた。通話が終わり……。

「国道で降ろして下さい。うちの家の前まで入ってしまうと、一方通行で戻るのに時間がかかります。国道からなら三分も歩かないですから」

「ごめんね。そうしても良いかな。他校の生徒ともめたみたいで、大至急来いって」

「大変ですね。先生は」

「何だか変な一日になっちゃったね。今日は二人と仲良くなれると思ったんだけどな」

安奈は夏風邪を引き、大地震に見舞われ、今度は亜樹那の生徒がトラブルだ。

「そうだ。花火が終わったら家に寄ってって言われていたんだった。芹愛ちゃん、泰輔さんに謝っておいてもらって良いかな」

「はい。伝えておきます」

国道で車から降ろしてもらい、帰途をゆく。何かが髪に当たった気がして顔を上げると、小雨《こさめ》が降り始めていた。どうやら絶妙なタイミングで帰宅したらしい。

自宅へと続く最後の角を曲がると、反対側から歩いて来る人影が見えた。

すぐに気付く。あれは向かいの家に住む杵城綜士《きじょうそうし》だ。

彼は学校に沢山の友達がいる。今日も友人たちと夏祭りに出掛けていたのだろう。

こちらに気付いていないのか。綜士はうつむいたまま歩いて来る。歩調を合わせたわけでもないのに、偶然にもほとんど同じタイミングで自宅に到着することになった。

今、自分は浴衣を着ている。彼の目には、どんな風に映るんだろう。少しくらいは可愛《かわい》いと思ってくれたりするのだろうか。そんなことも考えてしまったのだけれど……。

「こんな時間まで出歩いて良いのかよ」

視線が交錯した後で聞こえてきたのは、ぶっきらぼうな問いだった。

腕時計に目をやると、時刻は午後八時五十三分を示していた。学校から配られた注意書きには、九時までに帰宅するようにと記されていた。さっきまで保護者の亜樹那と一緒だったわけだし、批難されるいわれはない。

「別に。問題ないでしょ」

本音を言えば、時間なんかより浴衣のことを気にして欲しかった。しかし、そんなことを男の子に望んでも仕方がないのだろう。

小さな失望と共に玄関を開けると、背中の方でも同じような音が聞こえた。

出迎えた父に金魚の入った袋を渡すと、「楽しかったみたいだね」と笑顔が返ってきた。母が亡くなって以降、動物を飼うこともなくなってしまったが、父は昔から生き物が大好きだった。真剣な顔で金魚を見つめながら、足早にリビングへと戻って行く。すぐにでも水槽の準備を始めたいのだろう。

芹愛は下駄《げた》を脱ぐと、シューズボックスの上に置かれていたスノードームを手に取った。春の修学旅行で姉が買ってきてくれた、お土産である。

雪のようにキラキラと輝くラメの向こうで、イルカが泳いでいる。

一年前に、父は安奈と芹愛を水族館に連れて行ってくれた。

ショーでの優雅なジャンプを目にした芹愛は、一瞬でイルカを大好きになっている。いつか自分もあんな風に跳べたら良い。そう思わされてしまったのだ。あの日のジャンプを見て、姉が興奮していたことも記憶に鮮明に残っている。

熱を出していた姉は既に就寝しており、教務室と同様、自宅にも地震による変化は見られなかった。座っていてもよろけてしまうほどの地震だったのに、本当に不思議だった。

麦茶を一杯、口に運んだ後で、芹愛は奇妙な事実に気付く。

掛け時計の時刻がやけに進んでいたのだ。綜士と会った時はまだ九時にもなっていなかったのに、掛け時計は午後九時二十一分を示している。姉の就寝を確認して、麦茶を飲んだだけだ。たったそれだけのことしかしていないのに、どうして二十分も……。

腕時計に再度目を落とすと、やはり時刻は午後九時を過ぎたばかりだった。こちらは電波時計である。きっと、掛け時計に電池トラブルが起きてしまったのだろう。秒針は動いているけれど、後で電池を換《か》えておいた方が良いだろうか。

今日は妙なことばかり起こる日だ。

そんなことを思いながら自室に戻ると、再び、訳の分からない光景が飛び込んでくる。ベッドの脇に置いてあった目覚まし時計が、リビングの掛け時計と同じく、二十分ほど進んでいたのだ。意味が分からない。二つの時計に、同時に電池トラブルが起き、同じだけ時間のずれが生じている。……そんなこと有り得るだろうか。

存在自体が嘘《うそ》だったかのように、何の痕跡も残さなかった大地震。

突如、等しく狂い始めた家の時計たち。

一人きりの部屋で、怖気《おぞけ》のようなものが芹愛の背筋を走る。

何かが身の周りで起き始めている。不意に、そんな気がした。

# 4

織原芹愛《おりはらせりあ》の人生には、哀しい出来事が沢山あった。

最愛の母の病死は、胸を容赦なく切り裂いたし、後に経験することになる父の死もまた、芹愛を徹底的に打ちのめした。

しかし、惜別《せきべつ》の哀しみだけが痛みではない。

理解の出来ない悪意が、どうしようもない失望が、心を破壊することもある。

小学六年生、夏休み明けの九月。

その事件が起きるまで数日間、芹愛の日常は、かつてないほどに彩り豊かだった。

体育の授業で行われた走高跳《はしりたかとび》で、芹愛は歴代の校内記録を塗り替える。

身体を動かすのはもともと得意だったけれど、あらゆる競技の中で、この種目が自分に一番合っている。それが、たった一度のジャンプで分かった。

重力から切り離され、浮遊する感覚。

スピードのベクトルを変えて、高く、何処までも高く、身体を跳ね上げる。

バーを超えて、柔らかなマットに沈むその瞬間、何とも言えない恍惚《こうこつ》が芹愛を襲う。

楽しかった。スポーツがこんなにも楽しいと感じられたのは、初めてのことだった。

信じられないほどの高さをクリアした芹愛の周りに、クラスメイトたちが群がる。

「何であんなに高く跳べるの？」

「綜士《そうし》君より高いバーをクリアするなんて凄いね！」

こんなに沢山の同級生に囲まれるなんて、初めての経験だった。

同級生たちは皆、クラスメイトが七年振りに学校の記録を更新したことを誇りに感じている。自分のことのように芹愛のジャンプを喜んでいた。

自身を取り巻く環境が急速な変化を遂げていく中、芹愛は一つの願いにも似た想いを抱くようになる。

自分のジャンプを綜士も見てくれただろうか。

ただ、人よりも高く跳べたというだけだが、彼も自分を認めてくれるだろうか。

クラスの中心に君臨する杵城綜士《きじょうそうし》は、いつだって賑《にぎ》やかな男子たちに囲まれている。

普段の自分では眼中に入っていないだろうけれど、彼も見ていてくれたら良いなと思った。

あの精一杯のジャンプを、綜士も見ていてくれたら、本当に嬉しい。

そう、思っていたのに……。

「お前がこんなことをする奴だったなんて思わなかった」

授業後に行われた学級会。

芹愛の鞄《かばん》の中からカメラの望遠レンズを取り出し、厳しい口調で綜士が告げた。

批難の眼差《まなざ》しが、軽蔑の眼差しが、突き刺さる。

何が起きているのか、まったく分からない。


「先生、俺の持ってきた望遠レンズが無くなりました」


最初に口火を切ったのは、五分前の綜士だった。

本日の三限、天秤《てんびん》を使って物の重さを比べてみるという授業が行われている。どうやらその時に使った、彼の持参した望遠レンズが紛失したらしい。

理科室にでも忘れて来たのだろうか。ぼんやりとそんなことを考えながら、芹愛は彼を見つめていたのだけれど……。

すぐに、もう一人の同級生、山中深志《やまなかふかし》が自分の持ってきたメダルも無くなったとわめき出す。誰かが盗んだのだと彼が激昂し、何となく自らの鞄を覗いたところで、愕然《がくぜん》とすることになった。鞄の中に望遠レンズとメダルらしき物が入っていたのだ。

もちろん、身に覚えなんてない。

「違う。私は……盗みなんて……」

動転する姿を見せれば見せるほど、周囲の疑いには確信が付与されていく。

「人より高く跳べたって、泥棒でメダルを手に入れるような奴は偉くも何ともない。ただの卑怯者じゃないか」

綜士の冷たい言葉が、心の柔らかい場所をえぐった。

自分はそんなことをやっていないのに。誤解なのに。綜士は自分のことを泥棒だと確信している。どうして……。どうして、こんなことが……。

気付かぬ内に、両足が震え始めていた。悪い夢なら早く覚めて欲しい。


「本当に私はやってない。どうして鞄に入っていたのか……」

「嘘をつくなよ！　お前がやってないなら、どうしてメダルが移動するんだ？　俺たちが自分で入れたって言うのか？」

顔を真っ赤にして、山中は憤《いきどお》っていた。

反論しなければいけないのに、怖くて声が出てこない。

「言い訳は聞きたくない。この望遠レンズは出て行った父親にもらった大切な物なんだ。俺はこれが返ってくればそれで良い」

ありったけの侮蔑《ぶべつ》を込めて芹愛を睨みつけ、それから、綜士は席まで戻って行った。

誰も自分を信じてはくれない。どうして、こんなことになってしまったんだろう。あまりの悔しさと恐怖で、足下が崩れ落ちていきそうだった。

けれど、事態は思わぬ方向から、転換を見せる。

「素直に謝れば許してやったのに、お前は認めようとしない。だったら確かめようじゃないか。俺の父さんは警官だ。このメダルについている指紋を調べてもらう」

盗難を認めない芹愛に腹を立てた山中は、早口でまくしたてる。

「学校に持ってくる前に、父さんがメダルをしっかりと磨《みが》いてくれたんです。授業で回した時は、ケースから出していない。このメダルに触った人間は、俺と父さんを除けば、鞄の中から取り出した犯人しかいない」

大ごとにしたくないのだろう。担任は山中をなだめようとしていたが、彼は聞く耳を持たなかった。

「……そのくらいにしろよ。もう返ってきたんだから良いだろ」

同じ当事者である綜士に諫《いさ》められても、

「良いわけないだろ。織原は盗みを認めてないんだぞ」

正義感に酔った山中の憤りは収まらなかった。

「認めてなくても、もう犯人は分かったんだ。それで十分じゃないか」

「何でだよ。織原は犯罪者だぞ。しかも反省だってしてないんだ。罰せられるまで犯罪者は許されるべきじゃない」

「面倒くさい奴だな。俺はさっさと帰りたいんだよ」

「綜士、織原を庇っているのか？」

「何で俺が庇わなきゃいけないんだよ」

「そのカメラのレンズ、父親にもらった大切な物なんだろ？　そんな大事な物を盗まれたのに、どうして腹を立ててないんだ？　指紋を調べればすぐに犯人は分かるんだ。大体、もしも織原が盗んでいないのなら、俺たちの自作自演ってことになるじゃないか。俺はそんなことやってない。お前だってそうだろ？　それとも、織原を庇うってことは、まさか綜士がやったのか？　指紋を調べられたら、何かまずいことでもあるのか？」

「……別にそんなことないけど」

そう答えた綜士の声が、驚くほどに小さかった。

微《かす》かに語尾が震えていたような気さえする。

「……綜士、動揺してないか？」

山中の問いに対し、綜士は表情を歪《ゆが》め、口をつぐむ。

「なあ、綜士。指紋を調べてみても良いよな？　このメダルに触っていないお前の指紋がついてるわけないもんな？」

……一体、どうして？

主語も目的語も見つけられないまま、打ちのめされるような感覚に襲われていた。

この教室の中で、芹愛が犯人でないことを確信している人間は二人だけだ。

誰かが織原芹愛を貶《おとし》めるために、望遠レンズとメダルを盗んで鞄の中に入れたこと。それを、自分と犯人だけが知っている。そして、その真犯人は多分……。


いつだって教室の中心にいて。

沢山の友達に囲まれていて。

時々、偉そうだと思うこともあったけれど、それでも、綜士は芹愛にとって憧れを抱く対象だった。皆に認められている彼に、自分も認められたかった。クラスメイトになった一年半前から、ずっと、そう願っていた。

それなのにどうして彼が、自分を泥棒に仕立てあげるようなことを……。

自分は綜士に何かしたのだろうか。いつの間にか彼を傷つけるようなことを、やってしまったのだろうか。

思い当たる節はなかったが、一つだけ、はっきりと理解出来ていることがある。

自分は杵城綜士に、これ以上ないくらい嫌われていたのだ。

憧れていたのに、認めて欲しかったのに、本当は誰よりも嫌われていた。

これは悪夢よりも、なお、酷《ひど》い。

こんなものが真実ならば、自分は真実なんて知りたくなかった。


「杵城君、言いたいことがあるなら、今、正直に言いなさい」

きつい口調で担任に告げられ、綜士の表情が強張る。

彼は罪を認めるのだろうか。それを認めた後で、彼の人生はどうなるんだろう。

教室の中で、綜士はいつだってヒーローだったのに。


『そんなの関係ないじゃん。人の物は盗っちゃ駄目だよ』


四年前の彼の言葉が、頭の中でリフレインした。

まだ小学二年生だったあの頃。

本当に、ただの子どもでしかなかったあの頃。

彼はそう言って年上の男の子たちに立ち向かってくれた。お姉ちゃんを守ってくれた。

今、目の前で震える彼は、自分の知っている杵城綜士ではないのかもしれない。

自分が憧れた彼は、世界から消えてしまっていたのだ。

……それでも、あの日、彼が大切な姉を守ってくれた事実が変わるわけじゃない。

ずっと、自分は感謝も出来ずに綜士を見つめてきた。

大好きなお姉ちゃんを守ってくれた彼に、何一つ返すことが出来ないまま生きてきた。

彼が自分を悪者にしたかったのなら、それも良い。そう思った。

どうせ本当の友達なんて自分にはいないのだ。

世界で一番大切な姉を彼は守ってくれたのだから、今日、その恩を返そう。

それで全部終わりだ。彼に憧れていたことも。認められたいと願っていたことも。心の底から感謝していた日々も。全部、終わりにすれば良い。


「私が盗みました。ごめんなさい」


それを告げた時、身体の何処かで、心が壊れる音が聞こえた気がした。

あの日、織原芹愛の心は確かに一度、死んだのだろう。


それから、高校生になるまでの三年半。

芹愛はただ、ひたすらに孤独で陰鬱な時を過ごしていく。

あの頃、芹愛はいつかもう一度、自分が皆と同じように笑えるようになるなんて、夢にも思っていなかった。正しく笑えるようになった後で、今度こそ、本当にすべてを失うことになるなんて、想像出来るはずもなかった。

しかし、いつだって、世界は彼女にばかり残酷だったのだ。

## 5

織原芹愛《おりはらせりあ》に出来た人生で初めての親友の名は、市橋京香《いちはしきょうか》といった。

白鷹高校で出会った京香は、誰に対しても壁を作らない、あっけらかんとした性格の人間であり、彼女が持つ底抜けの明るさは、頑なな芹愛の心ですら溶かしていく。

入学式前、最初のオリエンテーションで、制服の採寸のために並んでいると……。

「君、背が高いねー！　私と友達になろうよ！」

感情の赴《おもむ》くまま動く京香は、お互いの名前を知るより早く、そんなことを言ってきた。

「ねえ、君って何処の中学？　モデルのスカウトとかされたことない？　私、サッカー部のマネージャーをやろうと思ってるんだけど、一緒にやらない？　あ、でも、バレーボール部とかに、もう誘われたりしてる？」

答える間さえ与えず、矢継《やつ》ぎ早《ばや》に質問が繰り出される。

芹愛は他人に対して心を開けない性質《たち》の人間だ。けれど芹愛の性格などお構いなしに、京香はどんどん心の奥に踏み込んでくる。芹愛は自分から他人に手を伸ばさない。伸ばし方が分からない。だが、京香に対しては、そもそもそんな努力をする必要がなかった。彼女が勝手に手を摑んで、引っ張っていってくれるからだ。

「よし、決めた。高校では凸凹《でこぼこ》パーティーを組むことにしよう。次はクラスで一番小さい子をスカウトしようぜ！　あとは……そうだな。ちょっと太めの子もパーティーに入れよう。ねえ、楽しそうだと思わない？　写真とか撮ったら、絶対、目立つよ！　ああ、大丈夫。心配しないで。もちろん、太っている子がいなかったら、私が太るから。私、こう見えて結構、太りやすい体質だから」

全然、共感なんて出来なかったけれど。何が楽しくて彼女が笑っているのか、芹愛にはさっぱり理解出来ていなかったのだけれど。根拠もなく自分のことを友達だと断言してくれる京香が、芹愛は好きだった。

京香が隣で笑ってくれるだけで、不思議と心が温かくなっていく。

高校一年生の初日、入学式のその日に、京香は早くも宣言を実行に移す。

一年一組で一番背の低かった、高須小春《たかすこはる》。

クラスで一番横方向に大きい、吉永八重《よしながやえ》。

「ヘイ、そこの君！　私たちと友達にならない？　て言うか、むしろ親友にならない？」

芹愛の肩に手をかけながら、京香は満面の笑みで二人に声をかけ、たった一日で四人は打ち解ける。

出身中学も、性格も、趣味も、生い立ちも、何一つ知らないまま、京香の独断で引き合わされた四人だったが、ポジティブな人間の引きの強さは恐ろしい。

驚くほどに四人の性格はかみ合い、あっという間に、本当の親友になっていった。


生まれて初めての親友が、一度に三人も出来た芹愛は、この世界の真実を一つ知る。

偶然にも小春が陸上部志望だったこともあり、入部初日から芹愛は一人ではなかった。

部で一番背の高い一年生と、一番背の低い一年生。まさに凸凹コンビだった二人は、それだけで目立ち、ほかの一年生も二人の周囲に集まってくる。

友達がいる人間には、また、別の友達が寄ってくるのだろう。

それが、今日まで芹愛に隠されていた世界の真実だった。


小春と同じ短距離走者の宮野貴子《みやのたかこ》。

長距離走志望の村木聡美《むらきさとみ》。

あっという間に陸上部でも友人が出来、芹愛の周囲はにわかに騒がしくなっていく。

中学時代は卒業するまで、ずっと一人ぼっちだったのに、高校生になった途端、自分に白い目を向けてくる者が誰一人としていなくなった。それどころか、今度は一人きりになることすら難しい有様だ。


芹愛は思い知っていく。

自分は別に一人が好きだったわけではなかった。

望んで孤独になっていたわけでもなかった。

本当は、ずっと、寂しかったのだろう。

こんなにも心は他人の温かさを求めていた。


白鷹高校の陸上部には、芹愛のほかにも推薦で入学した陸上エリートたちがいる。走高跳でいえば、一つ上の学年にも一人、堂島希《どうじまのぞみ》という名の推薦組の選手がいた。

芹愛は入学早々、希の記録を軽々と超え、一年生にしてエースの座に収まる。

下級生にハイスコアを記録されたら、面白くないんじゃないだろうか。また、かつてのように嫌われてしまうんじゃないだろうか。最初に考えたのは、そんなことだった。

しかし、希は芹愛の才能を一目で認め、自分のジャンプなどそっちのけで、後輩の記録を伸ばすために腐心《ふしん》を始める。

自分の身長よりも高いバーを、希は超えられない。だが、芹愛は違う。芹愛は選ばれし者だけが辿《たど》り着ける世界に到達出来る稀有《けう》な選手だ。

芹愛の才能を認めたのは、希だけではなかった。顧問もまた、芹愛の実力に惚《ほ》れ込み、日本陸上競技選手権大会への出場を目標に掲げて、熱心な指導を行い始める。


世界に見捨てられた自分は、家族にしか愛してもらえない。

ずっと、そんな風に思い込んで生きてきたけれど、この世界は、本当は凍りついてなんていなかった。

長い間、張りつめ続けていた感情が溶解し、涙が零《こぼ》れ落ちる。


織原芹愛の優しい世界は、一年が経ち、進級しても変わらない。

小さな頃から、芹愛は算数や数学が大好きだった。感情が隙間に入ることを許さないその学問は、いつだって向かうべき場所を一つだけ用意してくれているからだ。

あんなにも感情的な人間のくせに、京香もまた数学を得意としており、二人は迷うことなく理系へと進路を取る。そして、芹愛や京香に影響される形で、小春と八重も文理選択、科目選択を合わせたことで、進級しても四人は同じ一組の生徒となった。

笑顔に満ちた温かな世界は連鎖していく。

四月、二年生になった芹愛の前には、彼女を慕《した》う後輩が現れた。

彼女の名前は、河口《かわぐち》美月《みづき》。東日本陸上選手権に出場するまでの選手になった芹愛と一緒に練習したいと願い、下宿生活までして白鷹高校に入学してきた生徒だった。

芹愛を慕う美月は、放課後になると毎日、陸上部である芹愛と小春を教室まで迎えに来る。一分一秒でも長く芹愛と一緒に過ごしたいらしく、美月はいつも最後まで芹愛の練習に付き合っていた。

芹愛には及ばないまでも、美月も女子走高跳の世界では名の通った選手だった。切磋琢《せっさたく》磨《ま》出来る相手がいるという環境は、必然的な好影響を及ぼす。

美月と練習するようになって以降、芹愛の記録は再び緩やかな上昇を見せ始めていた。

今年の秋に行われる東日本陸上選手権では、表彰台も目指せるかもしれない。ついに芹愛はそんな場所にまで到達しようとしていたのだ。

高校生になってからは、毎日が本当に楽しかった。

家に帰れば大好きな姉がいる。

学校では愉快な親友たちや、自分を慕う後輩、尊敬する顧問、先輩が傍にいてくれる。

それは、芹愛の十七年の人生の中で、最も幸福で喜びに満ちた日々だった。

しかし、いつだって哀しみは、不意に訪れる。

誰も気付かない場所で、世界が裏返るその時を待っている。


芹愛が二年生になって二ヵ月半が経った六月。

継母、亜樹那《あきな》の妊娠が判明する。織原家は喜びに沸いたが、そんな吉報からほとんど間を置かずに、最悪の報が家族を襲うことになった。

三年という時を経て、父の身体に癌《がん》が再発してしまったのだ。しかも既に遠隔転移を起こしている状態だった。

完治は不可能と判断が下され、織原泰輔《おりはらたいすけ》とその家族に余命が告げられる。

持って四ヵ月、今年の冬は越えられないだろうとのことだった。

緩和ケアを中心とした治療が進められることになり、同月の内に休職が決まる。

取られた措置は休職だったものの、事実上のリタイアであることは、誰の目にも明らかだった。

生まれてくる第三子に、せめて一目だけでも会いたい。そんな願いを最後の希望として抱きながら、父は闘病生活を始めたが、その想いが叶《かな》うことはなかった。

人はある種の病の前には無力であり、想いとは裏腹に抗《あらが》う力は儚《はかな》い。

みるみる痩せ細っていった織原泰輔は、九月の末日、三人の家族に看取《みと》られながら、永《えい》訣《けつ》の時を迎える。

芹愛は実母に続き、父をもまた病気で亡くすことになってしまったのだ。


哀しみは深く、重く、痛ましい。

それでも、芹愛には安奈《あんな》がいた。

大好きな姉が、まだ、傍にいてくれる。

それだけで『絶望』の魔手からは逃れられていたのに……。


十月十日、土曜日。

白稜祭《はくりょうさい》の初日にして、美月と共に東日本陸上選手権に出場したその日の夜。

表彰状と共に帰宅した自宅で、芹愛は今度こそ逃れられない絶望と遭遇する。

午後十一時。

大会の疲れから、昼寝と呼ぶには遅すぎる時刻まで眠ってしまい、ようやく目覚めた後で、ぼんやりとした頭を押さえながら一階に下りると……。

最愛の姉、織原安奈が脱衣場で死んでいた。

# 6

大地震に襲われ、自分も死んでしまったのだろうか。

ベッドの上で目覚めた直後、織原芹愛《おりはらせりあ》が最初に考えたのは、そんなことだった。

だけど、死んでしまったのだとしたら、どうして自室のベッドで目覚めたのだろう。

時計に目をやると、時刻は午前七時前を指していた。こんな時間に起きたのでは、朝練に遅刻してしまう。だが、そもそも死んでいるのなら部活動なんて関係ないだろうか。

……いや、馬鹿なことを考えていないで冷静になるべきだ。

自分はきっと、姉の死にショックを受けて倒れてしまったのだ。その後で、継母の亜樹《あき》那《な》か誰かに、ベッドへ運ばれたのだろう。そうとしか考えられない。

ふらつく足取りで一階のリビングに下りていくと……。

「……お姉ちゃん。どうして」

姉の安奈《あんな》が、亜樹那と共に朝食を食べながらニュースを見ていた。

姉の横顔と自分の手の平を交互に見つめる。脱衣場で息絶えていた姉を抱き上げた時の感触が、この両手にはっきり残っているのに……。

「あら、もう少しゆっくり寝ていたら良かったのに。今日は朝練ないんでしょ？」

東日本陸上選手権から帰宅した昨日、自分は疲労から夕食も食べずにベッドに突っ伏してしまった。中途半端な時刻に目覚め、絶命していた姉を発見したと思っていたのだけれど、あれはただの悪夢だったのだろうか。

朝まで寝てしまったということであれば、今日は大会の翌日、白稜祭の二日目ということになる。一体、何時間寝てしまったのだろう。


胸を撫《な》で下ろした後で、テレビのニュースに目を向けると……。

画面の右上に、『月曜日』の文字が躍っていた。今日は白稜祭の二日目、日曜日のはずである。しかし、テレビに映っているのは平日の番組だった。意味が分からない。昨日の記憶が、頭の中から消えているということだろうか。

いや、日曜日だけじゃない。一昨日、帰宅してベッドに突っ伏して以降の記憶がすべて抜け落ちているのだ。今日が月曜日なのだとしたら、三十時間以上も眠っていたことになる。もしも本当にそんなことになっていたのだとしたら、姉や継母はもっと異なる反応を見せるはずだろう。

つまり自分だけが日曜日のことを忘れているのだ。そうとしか考えられない。

白鷹高校の文化祭は、前夜祭を含めれば三日間にわたって大々的に開催される。そのため、祝日ではあるものの、翌日、月曜日の午前が撤収作業に充《あ》てられ、火曜日から木曜日までが代休となる。

白稜祭は二年連続で東日本陸上選手権と日程が被《かぶ》っていた。女子走高跳が二日目に実施された去年は、初日の午前しか参加していない。今年は二日目にのみ参加出来る予定になっていたわけだが、何故か昨日、日曜日の記憶が消えている。

白稜祭の二日目を、自分はどんな風に過ごしていたんだろう。


久しぶりに平常時間に登校すると、熱気の余波が至るところに感じられた。

自教室である二年一組に向かう途中。

廊下の空気に奇妙な違和感を覚えた。その正体に気付くより早く……。

「あれ、芹愛。どうしたの？」

二年一組の教室に入ろうとしたタイミングで、背中から声をかけられた。振り返った先にいたのは陸上部の先輩、堂島《どうじま》希《のぞみ》だった。

「私に何か用があった？」

希もまた陸上推薦で入学した生徒であり、女子走高跳の選手だった。三年生なので夏の大会を最後に引退してしまったが、今でも芹愛は希のことを慕っている。

「いえ、別に用事は……」

「あれ、じゃあ、どうしたの？」

それはこちらの台詞《せりふ》だと思った。ここは二年生の教室である。三年生である希がここにいる方が不思議なわけだが……。

そこで、芹愛は薄々感じていた違和感の正体に気付く。

扉から覗いた先、二年一組の教室に、クラスメイトが一人もいなかったのだ。教室の中だけじゃない。廊下ですれ違う顔触れも、希を除けば知っている顔ではなかった。


抜け落ちた日曜日の記憶。

突然、顔触れの変わってしまったクラスメイト。

朝から何かがおかしい。

「ストップ、ストップ！　芹愛、まだ寝惚《ねぼ》けてるでしょ？　ここ、三階だよ」

違和感の正体を確かめるため、教室に足を踏み入れようとしたところで、希に腕を摑まれてしまった。

「芹愛の教室は一つ上だってば。大会の疲れが抜けてないんじゃないの？　惜《お》しかったもんね。表彰台まであと一人だったわけだし」

……先輩は何を言っているんだろう。

今年、芹愛は二位で、表彰台に上がっている。東日本陸上選手権で四位だったのは、去年の話だ。そもそも自分は二年生なのだから、ここ、三階の教室で間違いない。

とはいえ、確かに周りに見えるのは三年生ばかりだ。三階まで上がったつもりでいたけれど勘違いで、二年生の教室はもう一つ上の階ということなのだろう。

窓から見える景色は、二階からの風景には見えないが……。


階段を上り、角の教室に足を踏み入れると、

「芹愛、おはよう！　大会、惜しかったんだってね！」

自分の顔を見るなり、小春《こはる》と八重《やえ》が手を振ってきた。

「うん。でも自己ベストを更新出来たから、悔しさはないかな」

「そうだったっけ？」

小春が不思議そうな表情を見せる。

「芹愛、練習ではもう少し上の高さまで跳んでいたよね」

「そんなことないって。あれが自己ベストだよ。そういえば京香《きょうか》は？」

入学当初はサッカー部のマネージャーをやりたいと言っていた京香だが、結局、彼女はどの部活にも所属しなかった。しかし、学校が大好きだからなのか、朝練もないくせに、大抵、誰よりも早く登校している。

「……教科？　今日の午前は、白稜祭の後片付けだから授業はないよ」

「知ってるよ。そっちじゃなくて京香の方。あの子がこんなに遅いのって珍しいでしょ」

小春と八重が顔を見合わせる。

「芹愛、誰の話をしているの？」

「いや、だから京香だって。市橋京香《いちはしきょうか》」

「……市橋？　何を言っているの？」

不思議そうな顔で小春が首を傾《かし》げる。

「そんな人、うちのクラスにいないじゃない」

# 7

突然、市橋京香《いちはしきょうか》が世界から消えてしまった。

それも、ただ消えたわけじゃない。自分以外のすべての人間の記憶から消えてしまっている。教室には明らかに一つ、不自然な空席があるのに、小春《こはる》も八重《やえ》もそんなのは四月からだと言う。

芹愛《せりあ》を襲った混乱は、京香の消失だけでは終わらなかった。

白稜祭の後片付けが終わり、午後には通常通りの授業が行われる。その最初の授業内容が、一年前に履修した課程だったのだ。

数Ｉの授業は、去年の冬休み前には終わっている。それなのに何故か再び、一年生の単元が授業で扱われていた。しかも、誰もそれを疑問に思っていない。何より、自分の机の中には、あるはずのない数Ｉの教科書が仕舞《しま》われていた。

薄々、この奇妙な現象に対する予感はあった。

後片付けの最中に何度か確認した通り、ここが一年生の教室のある四階だったからだ。


朝、自宅には父親がいなかった。

父は先月の末に亡くなっている。何の疑問も抱かずにいたけれど……。

父の携帯電話にメールを送ると、一時間もせずに返信が届いた。出張で隣県に出掛けていた父親は、明後日《あさって》まで帰って来ないらしい。

もう、間違いないだろう。

いつの間にか、世界が一年前に戻っているのだ。

そう考えれば、希《のぞみ》先輩や小春との会話が嚙《か》み合わなかったことにも説明がつく。去年、初出場した東日本陸上選手権で、自分は四位になり表彰台を逃している。大会では自己ベストにも届いていない。

朝交わした二人との会話は、その事実に即しているものだった。

……だけど、どうして。

姉が死ぬという思い出したくもない悪夢の中で、自分は大地震を経験した。

しかし、本当は悪夢ではなく、あの時の衝撃で、タイムスリップでもしてしまったということだろうか。けれど、もしも過去に飛ばされたのだとしたら、この世界に生きるもう一人の自分と遭遇するはずだ。そんなことは起きていない。

もしかしたら、あの悪夢こそが現実で、この世界が夢なのかもしれない。

そうでもなければ、京香が消えてしまった理由が説明出来ない。

だが、夢だと気付いた後でも夢から覚めないなんて、そんなこと……。

自分の身に何が起きているのか。

どうしてこんなことが起きてしまったのか。

何一つ答えは見つからない。それでも、現実は現実として受け止めるしかない。

いつの間にか自分は一年前に戻っており、親友、市橋京香がこの世界から消えてしまった。それが、この身に起きている現象の、偽らざる真実だ。


どれほどの混乱を抱えていても、日々は続いていく。

呼吸をして、食事をして、生きていかなければならない。

もう一度、高校一年生の十月から、この一年間をやり直さなければならないのだ。

京香が消えてしまったとはいえ、芹愛にはほかにも親友がいる。親身になって支えてくれる恩師や先輩もいる。けれど、こんなことは誰にも話せない。

当事者の自分ですら半信半疑なのだ。何より自分以外の人間は、誰一人として京香のことを覚えていない。こんな話、信じてくれるはずがない。


焼き増しのような日々を過ごす中で、芹愛は気付く。

自分の身に起きている現象は、『タイムトラベル』でも『タイムスリップ』でもなく、『タイムリープ』と呼称される現象なのだろう。記憶を有したまま、精神だけが過去に戻ってしまったのだ。

だが、現象に名前を付与出来たところで、現実は変わらない。京香は帰って来ない。

『君、背が高いねー！　私と友達になろうよ！』

そんな風に言いながら、人生で初めての親友になってくれた京香はもういない。

一人の人間が世界から消えたのに。

何も知らなかったかのような顔で、世界は回り続ける。

翌年、四月にはやはり後輩として河口美月《かわぐちみづき》が入学してきたし、彼女は以前の世界と同じように芹愛のことを慕ってくれた。

本当に、自分がただ長い夢を見ていただけなんだろうか。

半年が過ぎ、芹愛はそんなことも考えるようになっていた。

もちろん『夢』なんかでは説明出来ないことが山ほどある。美月のことを知っているわけがないのだから、あれが夢なのだとしたら、それは『予知夢』ということになってしまう。そんなのオカルトだし、自分はオカルトなんて絶対に信じない。

二周目の世界は記憶と違《たが》わずに進んでいく。

継母の妊娠が判明し、癌が発見された父に余命が宣告され、美月と共に東日本陸上選手権へのエントリーが決まる。何もかもが記憶の通りだった。

とても長かったような気もするし、短かったような気もする。そんな一年間だった。

どうしてこんなことになってしまったのか。京香は何処へ消えたのか。疑問には何一つ答えが付されていないが、ようやく新しい日々が始まろうとしていた。

十月十日、土曜日。

白稜祭を公休扱いで欠席し、美月と共に出場した東日本陸上選手権で、芹愛は再び自己ベストを更新する。

届いた場所も、届かなかった場所も、以前とまったく同じ高さだった。


大会から帰宅した芹愛は、疲労からベッドに倒れ込む。

午後十一時。

目覚めた後で時刻を確認すると、嫌な記憶がよみがえった。

タイムリープする直前、自分は脱衣場で心臓の鼓動を止めた姉を発見している。その上、直後に信じられないほどの大地震を経験していた。あの二つの出来事だけは、未《いま》だに夢だったのか現実だったのか、その境界さえ判然としない。

姉の死を認めたくなくて、気付かぬ内に意識から締め出してしまっていたけれど、今日まで世界は忠実に記憶を繰り返している。

あの日見た風景もまた、現実だったとしたら……。

恐る恐る一階へと階段を下りていく。

窓の外、車庫には車が停《と》まっていない。夜行祭の監督をしている亜樹那《あきな》は、まだ帰宅していないのだろう。

一階に下りると、リビングの灯《あか》りがついていた。まだ姉が起きているのだ。

「お姉ちゃん。もう、ご飯は食べた？」

扉を開け、聞こえてきたのはテレビの音声だった。ニュース番組が何処かのホテルで発生した火災を中継している。

キッチンの奥、脱衣場の扉が開いていた。

「お姉ちゃん？　ねえ、お姉ちゃん！」

それは、いつかの記憶と完全に重なる悪夢だった。

床の上に姉が倒れており、その手の先に、分解された円筒形の機械が転がっている。黒いコードがコンセントまで伸びており、プラスチックが焼けたような臭いが鼻をつく。

ピクリとも動かない姉の身体を抱いたその時、芹愛は理解する。

記憶に刻まれていたあの日の夢は、悪夢などではなかった。現実だったのだ。

爪先から始まった『絶望』が、光よりも速く全身を走り抜ける。

次の瞬間、始まったのは立っていられないほどの大地震。

また、だ。

その時、恐怖よりも先に芹愛の脳裏《のうり》をよぎったのは、そんな思いだった。

理解も、不理解も、何もかもを無視して時が弾《はじ》け飛ぶ。

ベッドの上で目覚めた時、芹愛の精神は再び、一年前へと戻っていた。

## 8

織原芹愛《おりはらせりあ》の身にタイムリープが発生すると、身近な人間が一人消えるらしい。そんな残酷な真実に、芹愛はすぐに気付くことになる。

市橋京香《いちはしきょうか》に続き、教室から高須小春《たかすこはる》が消失していたからだ。京香が消えた時のように、周囲の人間は誰も小春のことを覚えていなかった。

クラスに残った最後の親友、八重《やえ》は小春のことを記憶していなかったし、陸上部の仲間たちも同じだった。京香と同様、名簿からも存在が消えている。

二人の人間が消失したというのに、世界は変わらずに回り続ける。

以前の周回と違わぬ景色、時間が流れていき、同じ歴史が刻まれていく。

最愛の姉、織原安奈《おりはらあんな》が死ぬと、自分の精神は過去に戻るらしい。

芹愛がその現象の発生要因に気付いたのは、三度《みたび》迎えた十月十日の夜のことだった。

二度、姉の死を見たことで警戒を強めていた芹愛は、東日本陸上選手権から帰宅した後も眠りにつかず、疲労を隠せない身体に鞭打《むちう》って、安奈を見張り続ける。

記憶の中で二度、姉を死に至らしめた物の正体は、バスヒーターだった。芹愛が隣県のホテルに宿泊した昨晩、どうやら自宅のお風呂が壊れてしまったらしく、安奈が杵城《きじょう》家から借りてきていたのだ。

「これ、壊れているみたいだから、使わない方が良いと思う」

詳しい要因はともかく、姉の死にバスヒーターが関係していることは間違いない。芹愛は姉の手からそれを受け取ると、自室のクローゼットの中に隠すことにした。

「芹愛、今日はお腹《なか》が空いたらサプライズがあるからね」

夕食を食べ終わった後で、姉はそんなことを嬉しそうに言っていた。

「サプライズって何?」

「まだ秘密。でも、楽しみにしていてね」

父が亡くなってから、まだ十日しか経っていない。塞《ふさ》ぎ込んでいた姉が笑っているというだけで、芹愛の心は温かな何かに満たされていく。

普段、芹愛は体重に影響の出やすい甘い物を避けており、安奈もそれを知っている。だが、本日は堂々二位の成績で表彰台に立ったのだ。特別な日をお祝いするために、ケーキか何かを買っておいてくれたのかもしれない。

もしもケーキを食べられるなら、イチゴが載ったショートケーキが良い。そんなことを考えながら、リビングでテレビを見ていた午後十時過ぎ。

不意に、悪寒《おかん》が背中を走った。

安奈がキッチンで作業をしているはずなのに、先程から物音が聞こえてこないのだ。ソファーから振り返ってみても、姉の姿が確認出来ない。

恐る恐るキッチンへ足を運ぶと……。

「……お姉ちゃん！」

冷蔵庫の前で姉が倒れており、その手の先に、見慣れない箱とビニールのパックが転がっていた。慌ててその肩を抱いたところで、嘔吐《おうと》の形跡に気付く。

「嘘でしょ……。どうして」

抱き上げた姉はその温《ぬく》もりを残しているのに、もうピクリとも動かない。

そして、芹愛がすべてを悟った次の瞬間、再び大地震が発生する。

咄嗟《とっさ》に手に取った箱に書かれていたのは、英語ではない横文字だった。

身体の弱い姉は、幾つか重度のアレルギーを持っている。

誰かからもらったのだろう海外土産に、アレルギー反応を起こす何かが含まれていたとしか考えられない。姉はそれに気付かぬまま、口にしてしまったのだ。

何故、自分の身にこんな現象が起きているのかは分からない。

だが、分からないなりに、発生要因は突き止めることが出来た。十月十日の夜に姉の死を知ると、自分の精神は一年前に戻ってしまうのだ。加えて、何故か親しい友人から順に消えてしまう。

三度目のタイムリープが発生し、消失したのは親友の吉永《よしなが》八重《やえ》だった。

高校一年生の十月十三日から、一年後の十月十日まで。

同じ日々を繰り返すのも、これで四度目のことになる。

三人の親友が全員、世界から消失した今、教室には友人がいない。授業もとっくに聞き飽きている。

四周目の世界を生きているせいで、ほとんどの定期テストで、ほぼ満点に近い成績を取ることが出来たものの、そんなことは何一つ救いにはならない。

頭の中を占めているのは、常に恐怖と疑問符だった。

三度のタイムリープの内、最初の二回は姉の感電死によって発生した。しかし、最後の一回は、アレルギー中毒による姉の死が引き金になっている。姉を死に至らしめる要因が変わり続けるなら、打つ手がない。姉を救えずに、またこの一年間を繰り返さなければならないかもしれない。

もう二度と友人の消失など経験したくない。

芹愛は仮病をつかって大会を欠場し、細心の注意を払いながらその夜を迎える。

だが、四周目の世界でも芹愛の悪い予感は的中してしまった。

一つ前の周回で姉を死に至らしめたのは、隣人、杵城綜士《きじょうそうし》が持ってきた海外土産だった。それを突き止め、借り受けたバスヒーターも、受け取ったイタリア土産も、姉に見つからないよう隠したのに、今度はかかってきた電話に出ようとしたせいで、安奈が階段を踏み外してしまったのだ。

姉が首の骨を折って絶命し、再び、大地震が始まる。

電話に駆け寄って受話器を上げると、聞こえてきたのは綜士の声だった。

そして、彼が電話をかけてきた理由を尋ねるより早く、芹愛の身体は一年前へと強制的に巻き戻されていた。

ベッドの上で目覚めても、身体の震えが止まらなかった。

止め処《ど》ない涙が溢れ、シーツを濡らしていく。

恐怖と哀しみで心が打ちのめされていた。

それが、自身の痛みだけだったなら、こんなにも苦しむことはなかっただろう。

けれど、命を奪われるのは、いつだって最愛の姉だ。消えてしまうのは、自分ではなく大切な親友たちだ。

何故？　どうして？　誰のせいで？

やり場のない疑問と悔しさが、頭の中をぐるぐると回る。


こんなこと誰にも相談出来ない。同じ時間を繰り返しているなんて、誰にも信じてもらえるはずがない。頭でも打ったのかと笑われて一蹴《いっしゅう》されるのがオチだ。

……市橋京香なら、愛想無しの自分なんかと友達になってくれた、あの変わり者の親友なら、もしかしたら信じてくれたかもしれない。

だが、京香はもういない。誰よりも先に、この世界から消えてしまっている。

こんなにも苦しいのにっ。痛くて、痛くて、心が破裂してしまいそうなのに。

誰一人、自分のことなんて分かっちゃくれない。

五周目の世界には、それまでの世界とは異なる驚きが待っていた。

誰一人として消失した者がいなかったのだ。

タイムリープのルールが変わったのだろうか？

繰り返し続ける悪夢の日々に心が折れそうになる芹愛を、それでも、その事実は少しだけ救うことになった。しかし、それから半年もしない内に、自らの安易な理解が間違いだったことに気付かされる。

四月、後輩の河口美月《かわぐちみづき》が白鷹高校に入学してこなかった。

美月こそが四度目のタイムリープに巻き込まれて消失した人間だったのだ。


終わりなき悪夢は続く。

残酷な世界は、真綿で首を絞めるように、彼女を追いつめていく。

運命に必死で抗う織原芹愛を嘲笑《あざわら》うように。

与えられた生を享受したいと願う織原安奈を罰するように。

二人の肉体と心を殺していく。

芹愛は必死に抵抗した。

繰り返し続ける世界のからくりを理解し、その残酷な未来に戦いを挑み続けた。

安奈を死から守るために、その一日を乗り切るために、全身全霊で戦い続けた。

しかし、無力感ばかりを突きつけられていく。

大好きだった人たちが一人、また一人と消えていき、最終的に残されたのは、高校入学以前と同じ世界だった。家族だけが自分を愛してくれるリトルワールド。

……いや、違う。これは中学までより、なお悪い。

母に続き父も、最愛の姉も、死んでしまうのだ。

救いなんて何処にもありはしない。


タイムリープを繰り返す内に、芹愛は姉の死にある人物がいつも絡むことを知る。

安奈の死には、隣人の杵城綜士が必ず関係しているのだ。

綜士は芹愛が人生で初めて憧れた少年だった。

けれど、今でも夢に見る五年前のあの日、彼は自分のことを泥棒に仕立てあげようとした。最低な形で、芹愛は自分が誰よりも綜士に嫌われていたことを知ってしまった。

あの事件こそが、二人にとっての分水嶺《ぶんすいれい》だったのだろう。

孤独に追いやられた芹愛と同様、気付けば、綜士の学校生活にも変化が生じていた。

中学生になった頃より、校舎で見かけても彼は常に一人きりだった。あんなに走るのが速かったのに、運動会のリレーにも登場しなくなった。球技大会にも不参加を貫いていたし、合唱コンクールでは壇上に上がりすらしなかった。

あの事件をきっかけに、綜士を取り巻く世界も変わってしまったのだろうか。

答えは分からなかったが、もう、芹愛にはどうでも良い話だった。

中学を卒業する前に、綜士も白鷹高校へ進学したことを知ったけれど、そういう偶然もあるのだろうくらいにしか思わなかった。もう二度と、彼の道と自分の道が交わることはない。そう考えていたからだ。

だが、ここにきて世界は、杵城綜士に目を向けることを芹愛に強制してきた。

姉を救うためには、綜士を引き離さねばならない。

彼のどんな行動も、姉に関係しないようにしなければならない。


高校生になった綜士は、また、少しだけ異なる姿を見せるようになっていた。

中学時代と同様、友人に囲まれているということはない。けれど、一人きりでいるということもなくなった。いつも一緒にいる男子は、海堂一騎《かいどうかずき》という名前で、綜士と同じ八組の生徒であり、二人は共に写真部に所属しているらしい。

気付いた後から振り返ってみれば、放課後、一眼レフカメラを構えた彼らを、屋外で目にしたこともあった。

姉の死は白稜祭の初日、十月十日の午後十時過ぎに発生する。

当日の綜士の行動を見張り、彼の関与をすべて遮断出来れば、姉の死を回避出来るかもしれない。芹愛はそう考えたが、現実は何処までも理不尽で非情だった。

周回ごとに死因が変わり、どうあがいても姉の命を救えないのだ。


五度目のタイムリープに巻き込まれて消失したのは、陸上部の顧問だった。

六度目と七度目のタイムリープでは、陸上部の同級生、宮野貴子《みやのたかこ》と村木聡美《むらきさとみ》が、八度目のタイムリープでは、大好きだった先輩の堂島希《どうじまのぞみ》が消えてしまう。

高校生になり、芹愛の世界は変わった。誰かを愛し、誰かに愛される喜びを知った。

そういう喜びを知ってしまったのに、世界は芹愛の幸福を許さなかった。


同じ一年間を繰り返したことで、芹愛の精神は、周囲の同級生たちとは別種のものへと変貌を遂げていく。やがて、牙《きば》にも似た覚悟が、その胸に宿るようになっていた。

八度目のタイムリープを経験し、九周目の世界が始まったその時、ついに芹愛は悟る。

この世界は十月十日を境目として、織原安奈と杵城綜士が同時に生きることを許さない。綜士がこの世界に存在する限り、世界は姉の生存を許さないのだ。

ここに至れば、この悪夢を終わらせるための方法が二つに一つであることも分かる。

自分が死ぬか、姉の死を誘発する杵城綜士の命を奪うかだ。

たとえどんな理由があろうと、他人の命を奪うことは出来ない。

頭では分かっている。理解出来ている。だが、それでは姉が死んでしまうのだ。

一人ぼっちで繰り返し続けた日々が、いつしか芹愛の心を弱さで蝕《むしば》んでいた。

分からなくなる。正しい答えが、選ぶべき道が、決められなくなる。

芹愛は八周目の世界で、白稜祭当日の綜士の動きを監視していた。

彼は何の催しにも興味を示さず、海堂一騎と共に益体《やくたい》もない一日を過ごしている。

午前中こそカメラを片手に友人と校舎をぶらついていたものの、早々に飽きてしまったのか、昼食を食べた後は、写真部の部室に引きこもって過ごしていた。自分のクラスの催しにすら協力していない。

日が暮れてからも、特筆すべき動向は見られなかった。夜行祭に参加するわけでもないのに、綜士と友人は一向に帰ろうとせず、だらだらと部室で時間を潰《つぶ》していた。

周回が変わっても、自分と関わりのない人間の動きは、基本的に変わらない。

綜士はこの九周目の世界でも、気だるい一日を過ごしているはずだ。

十月十日、午後八時。

芹愛は一人、白鷹高校、南棟の三階に佇《たたず》んでいた。

夜行祭の開始を告げるトランペットによる合図が、時計塔の出窓から吹かれ、眼下のグラウンドで賑やかな催しが始まる。

白稜祭終了の合図も同じ場所から吹かれるからだろう。予想通り、吹奏楽部の生徒が去った後も、時計塔の内部へと続く扉は開錠されたままだった。

このまま永遠に悩み続けたかったけれど、タイムリミットが迫っていた。

姉が死ぬのは午後十時過ぎである。それまでに決着をつけなければならない。

午後九時過ぎ。

覚悟を決めて、北校舎の奥、文化棟へと向かった。

二階、窓から灯りが漏れる写真部の部室の前に立ち、一つ大きく深呼吸をする。

息苦しかった。破裂しそうなほどに強く、心臓が鼓動を打っている。

五年前の事件以来、芹愛と綜士は口をきかなくなった。

まさかこんな形で再び対面する日がくるなんて、夢にも思っていなかった。

部室の扉をノックすると、出てきたのは彼の友人、海堂一騎だった。

「あの、杵城綜士君はいますか？」

尋ねた声が上ずっていた。

こんな時間である。突然の訪問を不審に思ったのだろう。彼はいぶかしむような視線を向けてきたが、すぐに室内の綜士を呼んでくれた。

「……何か用？」

廊下に出てきた綜士の顔に、はっきりと戸惑《とまど》いの色が浮かんでいた。

部室の中へ戻った彼の友人も、不思議そうな顔で自分たちを見つめている。

「うちのお父さんが亡くなったことは知ってるよね」

「母親に聞いた。大変だったな」

「うん。でも、病気だから仕方ないと思う」

久しぶりに対面した綜士は、遠目に見るよりも大人びていた。

「まだ若いのに。聞いた時は信じられなかった」

「そうだね。私もまだ実感が湧かないよ」

優しい言葉をかけられたら、決意が鈍るかもしれない。早々に本題に入るべきだろう。

「亡くなる前に、お父さんから綜士への伝言を頼まれていたの」

「伝言？　俺に？」

真剣な顔で頷く。

いつから、自分はこんな風に真顔で嘘をつける人間になったのだろうか。

「今、時間ってある？　ほかの人には聞かれたくないことだから、場所を移したい」


海堂一騎を部室に残し、綜士と二人で南棟へと移動する。

「何処まで行くんだ？」

彼を先導する足が震えていた。

「見せたいものがあるの。後で説明するから、ついてきて」


心にもない言葉を平気で吐く自分に、嫌気が差す。

今日まで経験してきたことも、これから経験するだろうことも、自分は最後まで誰にも話さない。しかし、話すつもりなどなくても考えてしまう。

嘘をついて、こんな風に誰かを騙《だま》して、傷つけて、その先で救われたのだと知ったら、お姉ちゃんはどう思うだろう。どう感じるんだろう。

それでも、頑張ったねと、頭を撫《な》でてくれるだろうか。

どんな最悪な行為でも、お姉ちゃんなら肯定してくれるだろうか。

……哀しいけれど、とてもそんな風には思えなかった。

「見せたいものって何だよ」

綜士の問いを無視して、南棟の三階から時計塔へと足を踏み入れた。

螺旋《らせん》階段を上った先に、一メートル四方の人が立てる出窓がある。手すりの位置が低いため、不意打ちで背中を押せば、彼を突き落とすことも可能だろう。この高さからグラウンドに落下して助かるとは思えない。

「なあ、そろそろ説明してくれよ」

語気を強めた彼の声が、時計塔の内部に響きわたる。

その時を迎えた時、自分がどういう判断を下すのかは分からない。

身体の中心にある魂みたいな何かが、きりきりと痛む。

ここに至ってもなお、芹愛は自らの気持ちを整理出来ていなかった。

彼の命を奪い姉と共に未来を生きるのか、それとも、姉と共に自らが死を選ぶのか。

まったくもって、これは本当に酷い二択だった。

# 9

小学六年生のあの事件以来、ずっと、綜士《そうし》のことを考えないようにして生きてきた。

憧れていた男の子に、本当はどうしようもなく嫌われていたこと。

裏切られて泥棒の濡《ぬ》れ衣《ぎぬ》を着せられたこと。

まだ十二歳だった芹愛《せりあ》にとって、幾つかの残酷な真実は、とても受け止め切れるものではなかったからだ。

だが、その命を奪わなくては未来に辿り着けないと悟った以上、嫌でも彼のことばかり考えてしまう。

隣に住む、挨拶も交わさない隣人。

小学校も中学校も同じだったのに、ほとんど互いのことを知らない同級生。

自分たちは何を間違わなければ、友達になれたんだろう。

どうすれば、こんな風に互いを否定し合う今を避けられたんだろう。

杵城綜士《きじょうそうし》の命を奪うか、姉と共に自分が死ぬか。

それ以外の方法では、このループから抜け出せない。

未《いま》だ選択を迷っているとはいえ、やるべきことは明確になった。後は綜士の背中を押すか、自分が時計塔から落下するか、その二択である。そう思っていたのに……。

世界が何処かおかしかった。

これは芹愛が経験する九度目の一年間である。十一ヵ月の間、これまでとほとんど変わらない日々が過ぎていったのに、突如、未体験の出来事が発生する。

父が亡くなる五日前、九月二十五日。

放課後、お見舞いのために病院へと向かい、父の病室を出たところで、予期せぬ顔と遭遇した。廊下の先に、綜士が一人の少女と共に立っていたのだ。

彼の前まで歩き、きつい口調で問う。

「何をしにここへ？」

当然の質問をぶつけたのに、綜士は表情を強張らせるだけで答えなかった。

「質問が聞こえないの？」

「見れば分かるでしょ。お見舞い以外の理由でこんなところに来ないっつーの」

突き放すような口調で答えてきたのは、彼の隣に立っていた小柄な少女だった。

「……あなた、誰？」

何処かで見た顔だと思うのだが、思い出せない。

「人に尋ねる前に、まずは自分が名乗ったら？」

「答えたくないなら別に良い。私はあなたになんて興味ない」

「むかつく女ね。それがわざわざお見舞いに来てやった人間に吐く台詞？」

綜士の交友関係については把握しているつもりだった。これまでのどの周回でも、彼の傍に女の影を感じたことはない。一緒にいたのはたった一人、海堂一騎《かいどうかずき》だけだ。

「あなたは綜士の付き添い？　知り合いでもない人間に訪ねられるのは迷惑」

「はあ？　私が知り合いじゃないとか勝手に決めないで欲しいんだけど」

「……知り合いだったの？」

「違うけど」

……訳が分からない。一体、この女は何なんだろう。

「お父さん、もう疲れて眠ったから。今日は帰って」

「別にあんたに会いに来たわけじゃないし、帰るか帰らないかを決めるのは私たちだわ。そもそも手土産も渡さずに帰れるかっつーの」

これ以上、この女と話していても埒《らち》が明かない。綜士の手から菓子折を奪い取った。

「お願いだから、もう帰って。これ以上、考えることを増やしたくないの」

自分は綜士を時計塔から突き落とそうとしている。そう画策している。

それなのに、どうして今になって、彼が父のお見舞いになんて訪れるのだろう。

優しさを見せないで欲しい。裏切り者であって欲しい。そうでなければ、彼の背中を押す決意なんて固められない。そんなこと自分には……。


病院で遭遇してから数日の内に、芹愛はあの意味不明な少女の正体を知る。

彼女の名は鈴鹿雛美《すずかひなみ》。二年五組に所属する同じ高校二年生だった。

鈴鹿雛美は綜士とは別のクラスであり、写真部でもない。どんな接点があって、二人は友達になったのだろう。まさか付き合っていたりするのだろうか。

彼が誰とどうなろうが、芹愛の知ったことではない。そうであるはずなのに、何だか妙に嫌な気分だった。

そして、あの日、彼女の顔に見覚えがあった理由にも気付く。

彼女は夏休み前の終業式で、校長の代わりに壇上に上がった少女だった。そこで、今年の白稜祭が中止になるという嘘の発表を行い、校内を無駄な混乱に陥れている。

鈴鹿雛美の傍迷惑《はためいわく》な嘘。杵城綜士による父のお見舞い。

その二つの事件は、九周目の世界で初めて起きた出来事だった。

父の死後にも、再び、未体験の出来事が発生する。

十月五日、父の死から五日が経った月曜日。

早朝、朝練のために乗った電車で、隣の席に綜士が座ってきたのだ。

この時間帯の電車で彼に会ったことなどない。それは、明らかに自分に会うために意図された出会いだった。

「……大変だったな」

予期せぬ言葉をかけられ、文庫のページをめくりかけていた手が止まる。

「何の用？」

「……お前、死んだりしないよな？」

彼の声が鼓膜に滑り落ちた時、身体中の筋肉が固まってしまったような感覚を覚えた。

「何が言いたいの？」

「自殺とか考えていたら嫌だなって」

まさか綜士は自分の心が読めるのだろうか。

「どうして私が自殺なんてするわけ？　私が死んでも親は生き返らない」

突然、綜士が妙な質問をしてきた理由は分からない。

ただ、彼が何かに気付き始めていることは間違いないだろう。

「……お見舞い、ありがと。気が立ってて追い返してしまったけど、感謝はしてる」

迂闊《うかつ》な発言は出来ない。少なくとも彼の命を狙っているなんてことは、絶対に悟られるわけにはいかない。

「お見舞いなんて初めてのことだったから驚いた」

「癌だったなんて知らなかったんだよ。あの日、初めて母親に聞いたんだ」

芹愛が告げた言葉の本当の意味を、綜士は理解していない。

彼が何を考えているのかは分からなかったけれど、尋ねることは出来ないし、自分が理解することに意味もないように思う。

大切なのは五日後に、どんな未来を選ぶかだ。

……だけど、あんな言葉をかけられてしまったせいで、決意が揺らぐ。

綜士はこの世界で今、起きていることを知らない。隣人が何度も同じ時を繰り返しているなんて、夢にも思っていないはずだ。それなのに、彼は自分を心配してくれた。父を亡くした自分を心配し、『死んだりしないよな』と、声をかけてくれた。そんな言葉をかけるためだけに、早朝の電車に乗って、会いに来てくれた。

そんな人の背中を、時計塔から押せるだろうか。

幾ら姉を守るためとはいえ、そんなことをする資格が自分にあるのだろうか。

答えを見つけられないまま、時だけが流れていく。

そして、決意を固められない芹愛を嘲笑うように、確定した結論が提示される。

十月十日、白稜祭の初日。

体調不良と嘘をつき、大会を欠席した芹愛は、昼食をとった後で一人、白鷹高校へと向かった。どういう未来を選ぶにせよ、綜士の動向を見張らなければならないからだ。彼の居場所を把握しておき、夜行祭が始まってから南棟に呼び出さなければならない。

しかし、ここでもまた、八周目の世界とは異なる事態が発生する。既に午後になっているというのに、綜士が登校していなかったのだ。友人、海堂一騎の姿も見当たらない。

一人きりになれる場所を求め、陸上部の部室へ駆け込むと、理由の分からない涙が頰《ほお》を伝った。

この九周目の世界は、ずっと何かがおかしかった。

過去に経験した八回の世界では有り得なかった出来事が、次々と発生している。

杵城家に電話をかけてみたが、綜士は午前のうちに家を出たと言われてしまった。

綜士の携帯電話の番号なんて知らない。二年八組の生徒に聞けば、教えてもらえるかもしれないけれど、それは憚《はばか》られた。綜士は重大な何かを既に悟っている。彼の命を奪うために電話をかけて、自分の中に存在する悪意を追及されたら、何と言えば良いだろう。言い訳の言葉なんて何一つ思いつかない。

本当に、どうしてこんなことになってしまったのか、まるで分からなかった。

ロッカーの扉を開け、苛立《いらだ》ちに任せて携帯電話を叩《たた》きつける。

……きっと、迷うことさえ間違いだったのだろう。

誰かの命を奪ってまで姉を守りたいだなんて、本当は考えるだけでもいけないことだったのだ。そんなこと、赦《ゆる》されるはずがない。

徹頭徹尾、最初から最後まで、間違っていたのは自分の方だった。

『二番線に回送電車が参ります。白線の内側までお下がり下さい』

午後五時過ぎ。

芹愛は一人、白新《はくしん》駅のホームでベンチに座り、行き交う人々をぼんやりと眺めていた。

自分は馬鹿だから、こんなにも時間がかかってしまったけれど、今になり、ようやく理解することが出来た。

姉の死は、定められたものだった。

世界の理《ことわり》を受け入れられない自分こそが、イレギュラーな存在だったのだろう。

もっと早くに気付くべきだった。そうすれば大切な人たちをタイムリープに巻き込んで消してしまうこともなかった。

力の入らない両足を最後の気力で奮い立たせ、ベンチから立ち上がる。

ホームへと入って来る回送電車を視界に捉えても、不思議と恐怖はなかった。

これで、すべてが終わる。ようやく何もかもが終わるのだ。

自分が死ねば、もう二度と、タイムリープは起こらない。

大好きな姉を救うことは出来なかったけれど、ほかの誰かが消えることもない。

そして、線路に飛び降りた、まさにその時。


「芹愛！」


自分の名前を誰かが叫んだ。

線路に着地すると同時に、反対側のホームに立つ彼の姿を捉える。

目を見開き、こちらに手を伸ばしていたのは……。

## 10

杵城綜士《きじょうそうし》の命を奪うか、姉と共に自分が死ぬか。

それ以外の方法では、このループから抜け出せない。

未だ選択を迷っているとはいえ、やるべきことは明確になった。後は綜士の背中を押すか、自分が時計塔から落下するか、その二択である。そう思っていたのに……。


九周目の世界は何処かおかしかった。

夏休み前の終業式、校長に代わって一人の少女が壇上に立つという事件が起きている。

しかも、夏休みが終わった後で、突如、その少女が自分の前に現れ、

「私が親友になってあげるから、ありがたく思いなさい」

そんな言葉を不遜な態度で告げてきたのだ。

もう二度と友人を失うのはごめんである。新しい友達を作るつもりなど毛頭なかったわけだが、そもそもこんなことは過去の周回で一度も起きていない。

違和感は彼女の存在だけではなかった。

学校での様子がおかしいと、綜士が安奈《あんな》に自分のことを尋ねてきたらしい。しかも、彼は翌週、入院している父のお見舞いにまで訪れていた。

何故、九周目の世界になった途端、これまでとは違う出来事が発生するようになったのか。分からないなりに、辿り着いた結論は一つだった。

杵城綜士は織原芹愛《おりはらせりあ》の動向を探っている。姉に自分のことを尋ねたことも、突然、お見舞いに現れたことも、その推理を補強している。問題は何故、彼が突然、自分のことを調べ始めたのかだ。そこには絶対に何か理由があるはずだ。

こちらが綜士を調べていることを悟られるわけにはいかない。過去のどの周回よりも慎重に芹愛は動き始め、やがて幾つかの情報を入手する。

あの不躾《ぶしつけ》な少女は鈴鹿雛美《すずかひなみ》という名前で、どうやら綜士と行動を共にしているらしい。その上、何故か二人は毎日、放課後、南棟に入り浸っているようだった。

父が亡くなった後で、芹愛はさらなる衝撃の事実を認識することになる。

この世界から、綜士の母親が消失していたのだ。

いっそのこと、このまま狂ってしまえば楽になれるんじゃないだろうか。そんなことを考えてしまうほどに、混乱させられる事実だった。

それでも、必死に心と感情を立て直し、頭を回転させる。

タイムリーパーは自分だけではなかった。ここは九周目の世界ではなく、十周目の世界だったのだ。そう考えなければ、この事実を説明出来ない。

自分以外にもタイムリーパーがおり、その人物が以前の周回とは別の行動を起こしているからこそ、八周目までの世界では起こり得なかったことが起きているのだ。

しかし、一体、誰が、何故、突然、タイムリープを……。


芹愛が回答に辿り着くより早く、事態は進展する。

十月十日、白稜祭の初日。

東日本陸上選手権を仮病で欠場した芹愛は、その日、綜士の命を奪うことも、自らの死を選ぶことも出来なかった。ほかならぬ綜士に、南棟の三階、時計部の部室に呼び出され、部屋の中に閉じ込められてしまったからだ。

芹愛と共に部室の中に残った綜士が告げる。

「時間はたっぷりある。全部、正直に答えても良いけど、先にこっちから一つだけ質問させてくれ。なあ、芹愛。お前、自殺しようとしてるだろ？」

やはり、そういうことだったのだ。もう間違いないだろう。

第二のタイムリーパーは、目の前にいる杵城綜士だ。

唇を強く結び、綜士の後ろで揺れる運命みたいな何かを睨みつける。

この世界に対する憎しみで、心が破裂しそうだった。

頭の中で仮説はすぐに固まった。

恐らく九周目の世界で、自分は綜士を時計塔から突き落とせなかったのだろう。その上で、彼の命を奪う代わりに、自らと姉が死ぬ未来を選んだのだ。

しかし、織原芹愛のタイムリープは発生しなかったが、その後、何らかの理由で、杵城綜士の身にタイムリープが発生してしまった。

綜士は十月十日以降に過去へと飛んだはずだから、自分が今日、自殺することを知っていても不思議ではない。妙な正義感に駆られたのか、小学生時代の罪滅ぼしでもするつもりなのか、彼は今、こうして自殺を止めようとしている。

だが、綜士は何も分かっちゃいない。彼が生きている限り、自分に残された道は『死』しかないのだ。それ以外の方法では、世界の繰り返しを止められない。けれど、そんなことを説明しても彼は理解しないだろう。

世界はどうあがいても変わらない。

抵抗するのも馬鹿らしい。

飽き飽きするほどに繰り返した人生で、芹愛はもう、それを悟ってしまった。

部室の扉が開いたのは、午後十時を過ぎた後のことだった。

『絶対に自殺なんてしない』と約束させられてから、ようやく解放される。

数時間振りに開け放たれた扉の向こうには、あの鈴鹿雛美の顔があった。

「そう、あなたも綜士とグルだったのね」

「この私が友達になってやろうって言ってるのに断ったりするから、そういうことになるのよ。どう？　閉じ込められて、ちょっとは反省し……」

「君が喋ると話がこじれる。黙っていてくれ」

雛美の口を左手で塞《ふさ》ぎ、身体を前に入れたのは、背の高い男子生徒だった。髪が長く、女子と見紛《みまが》うほどに綺麗《きれい》な顔立ちをしている。

「織原芹愛、君とは初めましてだな。まずは今日の非礼を詫《わ》びさせてくれ」

「あなたが綜士の言っていた時計部の先輩？」

「ああ。草薙千歳《くさなぎちとせ》だ。改めて聞かせてもらいたい。絶対に自殺なんてしない。それを亡くなった父親に、織原泰輔《おりはらたいすけ》に誓えるか？」

父の名前を出され、意識もせぬまま顔が歪んだ。

「不躾に故人の名前を出され、君が憤るのは理解出来る。だが、それくらいこちらも真剣なのだということを汲《く》み取って欲しい。冗談や嫌がらせでこんなことをしているわけじゃない。本気で君の命を心配しているんだ」

「あなたたちは私と無関係でしょ。どうして赤の他人を……」

「赤の他人だろうが、親友だろうが、誰かを助けることに理由なんているのか？」

「……普通はいるでしょ」

「だとすれば、君の普通と僕の普通は違うということだ。そして、僕は自分の流儀を譲るつもりもない。命を粗末にしないと、君が父親の名にかけて誓わない限り、ここは通さない。絶対にだ」

一体、この男は何者なのだろう。二回留年している二十歳《はたち》の高校三年生らしいし、時計部なんて意味不明な部活を作るくらいだから、変わり者なのだろうということは想像がつく。綜士は何処でこんな男と知り合いになったのだろうか。

「分かったわ。あなたの言うことを聞けば良いんでしょ。お父さんの名にかけて誓う。私は絶対に自殺なんてしない。これで良い？」

「二言はないな？」


「ないわ。もう私が死ぬ意味もない」

時刻は午後十時をとっくに過ぎている。もう姉は死んでいるはずであり、それを確かめたが最後、自分は九度目のタイムリープに至るだろう。

仮に自分が姉と共に死を選んでも、綜士の身にタイムリープが発生する以上、世界の繰り返しは終わらない。悪夢の連鎖は断ち切れない。


ここに至り、芹愛はようやく完璧に理解する。

初めから、正解はたった一つしか用意されていなかったのだ。

杵城綜士の命を奪う。それ以外に選べる道はない。

彼が死ねば姉の死は回避され、必然的に織原芹愛のタイムリープも、杵城綜士のタイムリープも止まるだろう。


ひとりぼっちのダ・カーポは次で終わりだ。

もう二度と、誰にもタイムリープはさせない。

自分たちのせいで誰かが世界から消失するなんてことは、絶対にあっちゃいけない。


――――この残酷な世界を、私がこの手で終わらせてやる。

# 第十一話　この世界には君がいて

# 1

首元が汗でぐっしょりと濡《ぬ》れ、頭が割れるように痛んでいた。

確かな質感を持つベッドの上で目覚めた時、飛び込んできたのは、既視感のある光景ではなかった。

デジタルクロックに目をやると、九月十日、木曜日の午前二時半だった。

最初のタイムリープで目覚めた時と同じ日付ではあるものの、あの時は確か、普段の起床時刻と大差がなかったはずだ。

間違いない。タイムリープの発生が早まった分だけ、目覚めた時間も早まったのだ。

どれくらいベッドの上で放心状態になっていただろう。

千歳《ちとせ》先輩の記憶も、雛美《ひなみ》の記憶も、芹愛《せりあ》に訪れた予期せぬ最期の瞬間についても、こんなにも鮮明に残っている。それでも、目覚めた後では、やはりすべてが夢だったような気がしてしまう。

どうして、あの時、芹愛は線路に飛び込んだんだろう。

何故《なぜ》、彼女が死ななければならなかったんだろう。

一つだけ確かなことは、芹愛の死が事故でも殺人でもなかったということだ。俺はその瞬間を、はっきりとこの網膜に焼きつけている。彼女は足を滑らせてホームに落ちたわけじゃない。芹愛は自らの意志で、回送電車の前に飛び込んだのだ。


立ち上がり、カーテンを開けてみたけれど、こんな時間だ。

当然ながら向かいの織原《おりはら》家には電気がついていない。今すぐにでも芹愛の生存を確認したかったが、そんなことは出来やしなかった。

＊

鳥のさえずりで目を覚まし、時刻を確認すると午前八時前だった。

制服に着替え、朝食を取るために一階へと下りていく。

「朝飯には何？」

扉を開けてから尋ねたのに、返事が聞こえてこない。

「何だよ。朝飯くらい出しておけよ」

いつもは用意されているはずの朝食が、テーブルの上に出されていなかった。溜息《ためいき》をつきながらキッチンへ目をやり、妙な違和感を覚えた。


残暑のせいではないだろう。

嫌な汗が背筋を伝った。


そんなはずない。そんなこと起こるはずがない。

胸に湧き上がる不安と恐怖を必死に打ち消しながら廊下へと戻る。

廊下の奥、突き当たりにあるのが母親の部屋だ。

歩みを進める度に廊下が軋《きし》む。

胸に湧き上がる恐怖のせいで、両足に力が入らず、視界が妙に揺れていた。


冷たいドアノブに手をかける。

それから、どれくらいの時間、動けないでいただろう。

部屋の中から物音が聞こえてくることを信じたくて、昨日までと変わらない日常が今日も続いているのだと信じたくて、そうやって固まってしまっていたのに、世界は馬鹿な少年を嘲笑《あざわら》うかのように、頑迷な沈黙を続けていた。

眩暈《めまい》がするほどの予感を抱きながら、扉をゆっくりと開けていく。

その先にあったのは、奇妙な空間だった。

存在していたはずの家具や日用品が中途半端に消えている。遠い昔に住人が消えてしまったかのように、もの寂しい生活感のない空間が広がっていた。

そして、空虚な部屋に足を踏み入れ、俺は思い知ることになる。

――この残酷な世界が、母を消し去ってしまったのだ。

## 2

やり場のない後悔は、失望よりも性質《たち》が悪かった。

何も取り返せやしないのに、友人も、母も、救う手立てなど存在しないのに、もう一度、戦わなければならない。運命みたいな何かが、今度こそ織原芹愛《おりはらせりあ》を救ってみせろと、希望さえ担保されないパンドラの箱から笑っていた。

取り返しがつかない失敗をしてしまったという自覚が、容易に足下をぐらつかせる。

それでも、諦《あきら》めてしまいそうになる心を励ますように、心臓は強く鼓動を打っていた。

……そうだ。

足が折れても、心が折れても、前へ進まなければならない。

一度は裏切ってしまった芹愛を、俺が救わなければならない。


朝食を食べ、制服に着替え、顔を洗って前を向く。

俺は一人じゃない。千歳《ちとせ》先輩なら絶対に理解してくれるはずだ。好奇心と善良さで形作られたあの人なら、必ず助けてくれる。そんな確信と共に玄関から一歩を踏み出すと、予期せぬ光景が視界に飛び込んできた。


「……千歳先輩。雛美《ひなみ》」


自宅の門の前に、朝日に照らされた二つの影が立っていた。

この六周目の世界では、まだ、どちらとも会っていないはずなのに、何故……。

「なるほど。やはり君の論理は正しかったようだな」

戸惑う俺の顔を見据えて、千歳先輩が口を開く。

「まだ疑ってたわけ？　散々、調査してきたのに、これで嘘《うそ》だったら馬鹿じゃん」

呆《あき》れたような眼差《まなざ》しで雛美が告げる。

「君の話を疑っていたわけじゃない。ただ、合間に二人のタイムリープを挟んだのは、今回が初めてだからな。彼が本当に僕らの記憶を有しているのか、確信が持てなかった」

既視感を覚えるほどのやり取りに、現状の認識が揺らぐ。

俺はタイムリープをしたわけではなかったのだろうか？

「彼の反応を見る限り、僕の懸念は杞憂《きゆう》だったとみて良いだろう」

そんなことを告げながら、先輩は握手でも求めるように手を差し出してくる。

「杵城綜士《きじょうそうし》。君はもう僕のことを知っているんだろう？」

「はい。知っています。でも、どうして先輩が……」

「君は今、この世界を何周目の世界と認識している？」

「……六周目じゃないんですか？」

先輩は静かに首を横に振る。


「ここは最低でも十二周目以降の世界だ」


鼓膜に届いた数字を、事実として認識することが出来なかった。

「……何を言っているんですか？」

「綜士って意外と頭の回転が鈍いね。私が今日、会いに来た時点で、答えは一つじゃん」

小馬鹿にするような顔で雛美が告げる。

「記憶を引き継げるのは、その周回でタイムリープに至った人間だけ。だから、綜士の知っているこれまでの私は、あんたのことを覚えていなかったんでしょうけど、今回は違う。ということは、つまり？」

「……古賀《こが》さんを救えずに、お前がタイムリープした？」

「やっと理解出来たみたいね。私がタイムリープした周回の出来事は、綜士の記憶に残らない。今までとは逆の状況になっちゃったってことよ」

十月十日に古賀将成《こがしょうせい》が死ぬと、雛美は半年前に戻る。二人が共に現れたことから考えても、彼女に再度のタイムリープが発生したのは間違いない。

しかし、腑《ふ》に落ちなかった。ここが本当に『十二周目以降の世界』なら、雛美は直近で六回失敗したということである。そんなこと有り得るだろうか。そもそもタイムリープに至った回数は本人が認識しているはずだ。

「綜士。君に聞きたいことは山ほどある。だが、先にそちらの疑問をクリアにしておこう。『最低でも』と言ったのは、僕らにも把握出来ていないタイムリープがあるからだ」

「どういうことですか？」

「結論から言えば、タイムリーパーは君と雛美だけではない。僕らの推理が正しければ、第三の人物が既に五回以上、過去に跳躍しているんだ」

立て続けに衝撃の事実が告げられていく。

「五回というのは、確信を抱くに足りた消失の事例を合算した数字だ。ほかにも疑わしき事例は見つかっているから、ここが十三周目以降の世界という可能性もある」

あまりにも予期せぬ数字に眩暈がした。何処《どこ》から理解すれば良いかも分からない。

「すみません。混乱しています。もう一人タイムリーパーがいるって、それ本当ですか？だって、そんなこと……」

「君自身がタイムリープを経験していて、鈴鹿雛美《すずかひなみ》というもう一人のタイムリーパーも存在しているんだ。三人目がいても不思議ではないだろう？　こんなこと憶測で断定はしない。既に十分な裏付けが取れているんだ。これは疑いようのない事実であり、誰よりも君が知るべき真実でもある。綜士」

千歳先輩の鋭い眼光が俺を捉える。

「三人目のタイムリーパーは、君の想《おも》い人、織原芹愛だ」

## 3

千歳《ちとせ》先輩が冗談を言うような人間でないことは分かっている。

平々凡々な俺とは異なり、洞察力に長《た》ける人であることも理解している。

それでも、三人目のタイムリーパーがいるなんて話は信じられなかった。雛美《ひなみ》にかつがれてしまったとしか思えない。

「綜士《そうし》。君が所属する二年八組、担任の名前を言ってみろ」

目の前にある織原《おりはら》家に視線を向ける。

「織原亜樹那《おりはらあきな》ですけど。そこの家に住んでいる」

「不正解だ。現在、君のクラスには担任がいない。織原亜樹那が消失したからな」

……亜樹那さんが消失した？

「実際に君の目で確かめてみると良い。これから登校するつもりだったんだろう？　僕らは時計部の部室で待っている。担任の消失を確信した後で、来てくれたら良い。世の中には、自分の目で確かめるまで、納得が出来ない類《たぐい》の事実もあるはずだ」

雛美のことはともかく、千歳先輩のことは一ミリも疑っていない。

だけど、先輩が言ったように、この目で確かめるまでは信じられないこともある。

二人に促されるがまま登校し、俺は今度こそ実感として、ここが六周目の世界ではないことを思い知ることになった。

二年八組には副担任しか存在しておらず、クラスメイトたちは誰一人として、亜樹那さんのことを覚えていなかった。

本当に俺でも雛美でもない第三の人物が、タイムリープしているのだろう。

そして、千歳先輩はその人物が、ほかならぬ芹愛《せりあ》だと断言していた。


こんな精神状態で授業など受ける気にはならない。

休み時間になると同時に教室を飛び出し、南棟の三階、時計部の部室へと駆け込んだ。

「その表情ってことは、今度こそ納得出来たみたいね」

千歳先輩と同様、授業をさぼっていたのだろう。雛美はソファーに寝転び、チョコレートをかじっていた。

「その椅子は君のために用意した物だ。掛けたまえ」

促された先に、初めて目にするロッキングチェアが置かれていた。

「亜樹那さんが消えたことは理解しました。でも、本当に芹愛がタイムリーパーなんですか？　亜樹那さんは血も繋《つな》がっていない継母《ままはは》ですよ。先に消えるとしたら、あいつの姉だと思います。安奈《あんな》さんも消えているんですか？　それに、さっきは十二周目だとかって……。一体、今、世界はどうなっているんですか？」

「少し落ち着きたまえ。水でも飲んだらどうだ？」

苦笑いを浮かべながら、千歳先輩はペットボトルを差し出してきた。

「心配しなくて良い。君が十全に理解出来るよう、きちんと話すつもりだ。何故なら、僕は説明が嫌いではないからね」

「さすがは軽度の変質者」

横から雛美が軽口を叩《たた》いたが、千歳先輩は無視して話を進める。

「まずは君が抱いている最大の疑問に回答しようか。織原芹愛を第三のタイムリーパーと断定する根拠、君が知りたいのはそれだろう?」

一も二もなく頷《うなず》く。

「大前提として、僕らは彼女とコンタクトを取っていない。よって、すべては推測になる。しかし、九十九パーセント以上の確率で彼女がタイムリーパーだ。疑いようもないほどの証拠が揃《そろ》っているからな」

「……証拠ですか?」

「順を追って説明しよう。この最新の周回をスタートさせた、現時点での最後のタイムリーパーは鈴鹿雛美《すずかひなみ》だ。雛美は今から五ヵ月前、四月五日へと戻り、このSFとしか思えない話を伝えるために、僕の下へやって来た」

「それは、何となくそうなんだろうなって思っていました。じゃあ、やっぱり俺たちは古賀《こが》さんを守れなかったんですね」

「十月十日、白稜祭《はくりょうさい》の初日。僕らは芹愛を時計部の部室に閉じ込めることで、彼女の自殺を防ごうとしていた。ところが当日、芹愛の動きを最後まで捕捉出来なかったんだ。その上、夜行祭がクライマックスを迎えたタイミングで、雛美が時計塔から落下する古賀《こが》将成《しょうせい》を目にしてしまった。当日、彼にはライブを観に出掛けるという予定があったが、どうやらそれが偽情報だったらしい」

「……分かりません。それで、どうして芹愛がタイムリーパーになるんですか？」

「根拠は三つある。第一に、僕らの用意した作戦が失敗に終わったことだ。担任が消失したという事実に、君は前回の周回で気付いている。そこから推測出来るのは、綜士の最後のタイムリープと、雛美の前回のタイムリープの間に、最低でも一回、第三の人物が跳躍しているということだ。そして、一つ前の周回でも、君と雛美が記憶していない二つ前の周回でも、僕らが同じ方法で芹愛の自殺を止めようとしたことは間違いない。つまり、芹愛は二つ前の周回で、時計部の部室に閉じ込められるという経験をしたはずなんだ。だからこそ、一つ前の周回では僕らの作戦が失敗に終わった」

必死に頭を回転させて、先輩の話についていく。

「第二に、雛美は古賀将成の死を目撃した際、僕と一緒にグラウンドにいた。芹愛にメールで呼び出され、彼女を探していたんだ」

「呼び出されたって、じゃあ、芹愛と知り合いになっていたってことですか？」

「あー。はいはい。愛《いと》しい芹愛ちゃんのことは後で私が教えてあげるから、今は先輩の説明を聞きなよ」

いちいち腹の立つ言い方をする女だった。

「重要なのは僕らが芹愛とコンタクトを取れる状況になっていたことではない。雛美が呼び出されたことでもない。僕がグラウンドで、雛美に『高確率で織原芹愛がタイムリーパーである』と告げていたことだ。僕は自分の知性を信じている。それが故に断言するが、いつタイムリープするかも分からない人間に対し、憶測で重大情報は告げない。僕が断定したのであれば、それは確実にそう推理するに足る根拠があったはずだ」

自分の知性を信じていると、先輩は迷いのない顔で断言した。

やはり、この人は俺とは違う。俺にはそんなこと、一生かかっても出来そうにない。

「そして、三つ目の根拠だ。雛美は古賀将成が時計塔から落下する瞬間を見ている。彼は自らの意志で落下したようだが、その時、現場である時計塔に芹愛がいたんだ」

芹愛が時計塔にいた？

古賀さんと知り合いだったということか？

「現状、彼と芹愛の間に接点は見つかっていない。雛美がヒアリングを試みたものの、彼は何も話してくれなかったそうだ。しかし、事実は事実として厳然と存在している。彼が時計塔から落下した瞬間、その場にいた人間が、事件と無関係であるとは思えない」

「……だから、芹愛が三人目のタイムリーパーで間違いないということですか？」

俺の問いに対し、千歳先輩は小さく微笑《ほほえ》んだ。

「今、列挙した三つの根拠だけでも、その可能性は極めて高いと言えるだろう。だが、あくまでも推論は推論だ。推理を確信へと変えるため、僕らは証拠を集めてきた」

木製机の引き出しから取り出された数枚の紙が、ガラステーブルの上に置かれる。それは、各学年の生徒名簿と入試要項だった。

「白鷹《しろたか》高校は一学年に九クラスが存在し、募集定員は三百六十名だ。創立以来、定員割れが起きたことはない。例年、どのクラスにも四十名が在籍していると考えて良いだろう。綜士、君のクラスはどうだ？」

「一騎《かずき》も含めれば四十人です」

「当然そうなるだろうな。だが、これを見て欲しい。芹愛が在籍する二年一組には現在、三十八名しか生徒がいないんだ。調査の結果、二年生には留年した生徒も退学した生徒もいないことが分かっている」

「芹愛のクラスメイトが二人、消失したということですか？」

「僕も最初はそう思った。しかし、真実は違う。何故なら、二年一組には編入生が一人いるからだ。つまり彼女のクラスメイトは、合計で三人消失している可能性がある」

白鷹高校では二年次に進級する際、文系と理系に分かれた上で、理社や芸術科目の選択によって所属クラスが決まる。一組以外のクラス名簿に目を落とすと、一騎が消失した八組に加え、四組と九組も在籍数が三十九名になっていた。残りのクラスには、それぞれ四十名が在籍している。

「さっき『確信を抱くに足りた消失の事例』が五つあるって言っていましたよね？　もう一人は亜樹那さんだとして、残りの一人は、四組か九組の生徒ということですか？」

「これを見てくれ」

千歳先輩は三年生の名簿を開き、七組を指差す。

「見ての通り、このクラスには担任がおらず、二年八組と同様、副担任しかいないんだ。受験生のクラスに担任が置かれないなんて有り得ると思うか？」

「それは確かにおかしいと思いますけど、三年生の担任なんて芹愛とどういう関係があるんでしょうか。仮に教科担任だったとしても、あいつが特定の教師と親しくしている姿は想像出来ません」

「白鷹高校は陸上に力を入れており、複数の指導者を顧問として置いている。芹愛は全国大会にエントリーされるレベルのジャンパーだ。消失したと推測される三年七組の担任は、十中八九、陸上部の顧問の一人だろう」

「それで五人、か。確かに話を聞く限り、可能性は高そうですね。……ちなみに、ほかの疑わしき事例というのが、二年四組と九組の欠けた一人？」

「そういうことだ。君たちの学年には留年も退学も出ていないからな。加えて、疑わしきクラスはもう一つある。一年一組だ」

入れ替わりに一年生の名簿が提示される。一組の在籍数は三十九名だった。

「綜士。東日本陸上選手権へ出向いた時の記憶は、君が持っていたな？」

「はい。大会を見に行った直後に、駅でタイムリープしていますから」

「雛美が君に聞いた話によれば、大会で女子走高跳《はしりたかとび》にエントリーしていた選手は十九名だったらしい。その事実に間違いはないか？」

「はい。どうしてこんな中途半端な人数なんだろうって思った記憶があります」

「では、こうは考えられないだろうか？　一年生にも女子走高跳の選手が入学しており、その人物は芹愛と同じく全国大会にエントリーされるレベルの実力者だった」

「……そうか。推薦で入学した生徒は一年一組になるから」

「状況証拠から導き出した仮説でしかないがね。同じ種目の選手同士、学年を越えて親しくなっていても不思議ではない。可能性としては十分に考えられる」

ずっと、芹愛には友達なんていないのだと思っていた。

あいつは、そういう類の温《ぬく》もりを必要としない人間なんだと考えていた。

だけど、本当は違ったんだろうか。孤独が好きだなんて、好んで一人きりでいるだなんて、そんなのは俺の身勝手な思い込みで……。

「……あいつはずっと、どんな気持ちだったんだろう」

両手で目を押さえ、うつむく。

「たった一人で、何度も、何度も、友達を……」

想像しただけで胸が張り裂けそうだった。たった一人、親友を失っただけで、俺は壊れてしまいそうだったのに、あいつはそれを何回……。

いや、それだけじゃない。タイムリープは大切な人の死が引き金となって発生する。

芹愛は一体、どれほどの絶望をこれまで……。


「綜士は芹愛のためなら泣けるんだね」

涙を零《こぼ》す俺を、雛美が無表情に見つめていた。

「……守りたかったんだ」

恥ずかしい本音が零れ落ちる。

「あいつさえ幸せでいてくれたら、それで良かったのに」

あんなにも醜い傷を、心の柔らかい場所につけてしまったのだ。今更、赦《ゆる》してくれなんて言えない。振り向いてもらおうなんて、はなから思ってすらいない。ただ、彼女の心が穏《おだ》やかであって欲しかっただけだ。

芹愛が幸せになってくれるなら、それで良かった。それだけで十分だったのに。

「……先輩。芹愛を助けたいです。あいつを絶望から救いたい」

「もちろん、僕だって彼女を救いたい。だが、ことはそれほど単純ではないんだ」

どういう意味だろう。俺が尋ねるより早く、先輩は雛美に目配せをした。

「織原先生が消えたことで、私たちは三人目のタイムリーパーの存在に気付いたわけだけど、旦那が亡くなることが分かっていたから、容疑者は最初から二人だったんだよね」

「芹愛と安奈さん？」

「うん。だから、芹愛には前回の周回でも会いに行ってるの。だけど、あの女、完全にしらばっくれてさ。織原亜樹那の名前を出しても、すっとぼけやがった」

「消失した人間は、人々の記憶からも消える。芹愛はそのルールを把握していただろうから、継母の名前が出された時点で、僕らの中にタイムリーパーがいると気付いたはずだ。しかし、彼女は知らない振りを装った」

「俺は一騎が消えた時、凄《すご》く怖くなりました。絶対に一人じゃ心細いはずなのに」

「性格的な問題もあるだろうが、最大の理由は警戒心が働いたからだろうな。二つ前の周回で、芹愛は時計部の部室に閉じ込められている。そのせいで僕らを警戒しているんだ」

「そっか……。そんなことがあったのなら、無理もない話かもしれませんね」

「君はそう思うのか？」

一秒と間を置かずに、疑問符が突きつけられる。

「芹愛が僕らを信用出来なくても仕方がない。一度、部室に監禁されたのだから当然のことだ。そう思うのか？」

「……先輩は思わないんですか？」

「ああ。まったく思わないね。同情はするが、ループからの脱出に失敗し続けているのは、彼女自身の責任でもある。芹愛は自分に出来ることをすべてやったつもりでいるはずだ。ベストは尽くした。しかし、運命は変えられなかった。そんな風に考えているんだろう。けれど、僕に言わせれば、唾棄《だき》すべき自己満足でしかない」

そこで、ようやく気付く。

千歳先輩は今、はっきりと芹愛に対して憤《いきどお》っていた。

「綜士と会うまで、余計なことをすまいと我慢してきたがね。僕は、あの女に言いたいことが山ほどあるよ。恐らく今回も、彼女はタイムリーパーであることを認めないだろう。だが、もう二度とこんなことは繰り返しちゃいけないんだ。なあなあのままでは絶対に終わらせない。だから綜士、君にも話してもらうぞ」

千歳先輩の怜悧《れいり》な瞳《ひとみ》が俺を射貫く。

「過去、君と芹愛の間には何があった？」

# 4

今から五年前。小学六年生の秋。

俺は同級生だった織原芹愛《おりはらせりあ》に濡《ぬ》れ衣《ぎぬ》を着せ、泥棒に仕立てあげようとした。本当に最低最悪な行為に、躊躇《ためら》いもなく及んでしまった。しかし、人を呪わば穴二つ。

浅薄《せんぱく》な計画が破綻した結果、逆に俺自身が窮地に追いやられる。そして、すべてが露見しそうになったその時、芹愛は何もかもを悟った上で、無実の罪を被《かぶ》った。

あの日、芹愛が何を考えていたのかは分からない。けれど、彼女がどうしようもない俺に対して、憐《あわ》れみをかけようとしたことだけは、はっきりと分かっている。

死ぬまで誰にも話さないつもりだった。あんな出来事、本当は存在しなかったみたいな顔で、生きていくつもりだった。俺はそういうずるい人間だったし、そんなずるさを誰に責められることもなく生きてきた。

だが、今、確かに知ってしまった。誰よりも幸せになって欲しかった少女が、悪夢よりも酷《ひど》い経験を繰り返していることを知ってしまった。

芹愛を救えるのなら、どんな代価を支払っても構わない。

芹愛を守れるのなら、俺が恥をかくくらい何でもないことだ。

俺のプライドなんて、芹愛を襲う哀《かな》しみに比べれば、冗談みたいなものなのだ。

少年時代の醜い過ちを、二人にさらけ出していく。

整理出来ない葛藤と共に、過去の過ちを正直に伝えると……。

「それってさ、芹愛は綜士《そうし》のことを好きだったんじゃないの？」

真顔で雛美《ひなみ》がそんな風に告げた。

「そんなことあるわけないだろ」

あまりにも見当外れな推論に、苛立《いらだ》ちが増す。

「そうでもなきゃ、罪を被って犯人を庇《かば》ったりしないでしょ」

「違うよ。あいつは俺を憐れんだんだ。俺は自意識の肥大化した小学生だった。いつも一番でいなきゃ気が済まなくて、自分より目立つ芹愛が許せなかった。あいつはそういう下らないプライドを見抜いていたんだと思う。だから情けをかけたのさ。お前はクラスメイトに嫌われたら生きていけないだろ？　だったら自分が代わりに嫌われてあげる。最低な卑怯《ひきょう》者の代わりに、悪者になってやるって、そういう情けを……」

「綜士って馬鹿だね」

俺の言葉を遮《さえぎ》り、雛美が告げる。

「そんなの全部、綜士の想像じゃん。て言うか、そんなことあるわけないじゃん。綜士が格好つけたがりの小学生だったのは事実なんだろうけどさ。小学生の男子なんて、皆がそんな感じでしょ。どいつもこいつも馬鹿で、お調子者で、それが普通だと思うよ」

呆れたような顔で雛美は続ける。

「下らないプライドだか何だか知らないけど、綜士が何を考えていたのかなんて、芹愛には分からないよ。話はもっと、凄く単純だと思う」

「……単純？」

「高跳びでは芹愛に負けたかもしれない。でも、普段の授業では大抵、綜士が一番だったんでしょ？　今は周りに自分より頭の良い人が沢山いるかもしれない。だけど、そんなのうちの学校だからじゃん。白鷹高校に入れる頭があるんだから、小学生の頃は、どうせ勉強だってクラスで一番出来たんでしょ？　しかもクラス委員長だったんだから、自分で考えているより目立っていたと思うよ。小学生なんて女子も単純だもん。勉強が出来て、運動神経も抜群で、顔もそこそこなら、そりゃもてるでしょ。女子に泥棒の濡れ衣を着せるとか、割とマジで引くけどさ。その事件を脇に置いて考えてみなよ。芹愛が綜士に呆れていたって本気で思ってるの？　むしろ逆でしょ」

それは、今日まで一度だって考えもしないことだった。

「他人の本心なんて分からない。雛美の考察にも一理あるかもしれないな」

千歳《ちとせ》先輩が同意する。

「綜士、君は少し卑屈に過ぎる。過去を悔い、罪の意識に苛《さいな》まれるのも良い。ただ、肝心なのは失敗した後で何をなすかだ」

先輩が言っていることは正しい。それは俺にだって分かる。だが、たとえそれが何年も前の出来事であったとしても、過去を飲み込むというのは簡単な話ではなかった。

「あの……もう一つ気になることがあります。雛美は今から五ヵ月前に戻ったんですよね？　それで、話を信じてくれそうな先輩に会いに行った。俺じゃなくて千歳先輩を頼ろうとしたのは、まあ、当然だと思うんですけど、昨日までの俺って、どんな風に過ごしていたんですか？　一騎《かずき》も母親も消えているわけだし、想像がつかなくて」

「やっぱり私が会いに行った時のことは覚えていないんだね。先輩が予想した通り、タイムリープの後で記憶が上書きされちゃったのか」

「……どういうこと？」

「綜士は同じタイムリーパーだもん。身近な人も消えているわけだし、もしかしたら話を聞いてもらえるかもって思って、千歳先輩に相談する前に会いに行ったの」

「それっていつの話？」

「タイムリープをしてすぐに会いに行ったから、四月だよ」

こんな話で俺を騙す意味もない。事実なのだろうが、まったく記憶になかった。

「俺はどんな反応を？」

「まったく信じてもらえなかった。物凄く冷たい反応だった」

「綜士、君は海堂一騎《かいどうかずき》のことを、認識すらしていなかったそうだ」

横から千歳先輩が補足する。

「タイムリープに巻き込まれて消失した人間は、五年前、恐らくはあの日の時震《じしん》を境に、人々の記憶から消える。君が海堂一騎と出会ったのは、高校に入学してからだ。五年分の記憶が消えるのであれば、当然、彼を認識していないということになる」

「一騎のことはそうかもしれませんけど、母親も消えていたわけじゃないですか。それを説明されても、俺は信じなかったんですか？」

「ああ。君の中で母親は五年前に消えた人物だ。存在しないことが当たり前だった」

「だけど、だとしたら俺は小学生の頃から一人で生きてきたことになりますよね。そんなのおかしいって、説明されれば分かりそうな気もします」

「絶望に至ると精神が過去に戻り、その度に代償として世界から大切な人が消える。まるで性質《たち》の悪いSFだ。そんな話を誰が信じる？」

「でも、一から順序立てて説明されれば俺だって……」

「実は、世界から消えた人間を取り戻す方法を思いついたんだ」

俺の抗議を遮り、千歳先輩が予期せぬ言葉を告げる。

「……本当ですか？　どうやって……」

「タイムリープに巻き込まれた人間は、五年前の時震を境に世界から消える。ならば救う方法は一つだ。タイムマシンを作って彼らが消える前の時代へ向かい、消失以後の世界に移動させれば良い。理論上はそれで消失を防げるはずだ。そう思わないか？」

「そう思わないかって……。そりゃ、そんなことが出来れば、取り戻せそうな気がしますけど、そもそも前提が……」

「ちょうど僕はタイムマシンの研究をしていてね。それが完成すれば、君の親友も母親も救い出せると思うんだ」

「……そういう冗談はやめて下さい。不可能な仮定の話は、さすがに気分が悪いです」

千歳先輩は苦笑いを浮かべる。

「そうだな。君が不愉快に思うのも無理はない。実に馬鹿げた話だ。しかし、タイムリープには疑問を挟まないのに、タイムトラベルにだけ腹を立てるというのも、理不尽だと思わないか？　どちらも同質に奇妙な話だろう？」

「だって、それは俺が実際に過去に飛んだから……」

「つまりはそういうことだ。自分の目で見たこと、体験したことでなければ、信じるのは難しい。これはそういう類《たぐい》の話だ。九月十日以前の君は、タイムリープなどと言われても絶対に信じない。雛美がどれだけ丁寧に説明しても、耳を傾けることすらないんだよ」

返す言葉がなかった。居《い》た堪《たま》れない想いと共に雛美を見つめると、

「綜士は私のことをサイコパスか何かだと思ったみたい。本当、失礼な奴だよね。先輩はすぐに信じてくれたのにさ」

要するに、それが俺と先輩の知性の差ということなのだろう。

「今回、分かったことはもう一つある。綜士は四月に雛美と会ったことを覚えていなかった。精神が過去に戻った時点で、それ以前の記憶は、未来から戻ってきた自分が保持している記憶に上書きされてしまうんだろう。雛美がどんな行動を取ろうと、九月十日になった時点で、綜士の精神は、タイムリープ前の経験しか記憶出来ていない状態へとリセットされるんだ」

「私との思い出を忘れるとか、綜士のくせに生意気だよね。根性見せなさいよ」

滅茶苦茶な要求をする雛美を無視して、千歳先輩は話を続ける。

「今日まで僕らは織原芹愛と接触していない。未来に何が起きるかを知っている。それがタイムリーパーの世界に対するアドバンテージだ。僕らが行動パターンを変えて芹愛に接触すれば、その時点から、彼女の未来は少なからず変化するだろう。目的を確実に遂行す

るためにも、可能性が広がるような事態は極力避けるべきだった。だからこそ、綜士の精神にタイムリーパーとしての記憶が発生するまで、彼女へのアプローチは控えていた」

「じゃあ、これから芹愛に会いに行くんですね」

「ああ。二人の間にあるわだかまりが解けることで、開く扉もあるだろう。綜士、君が先に芹愛と話してみるか？」

「……それって、まずは俺が五年前のことを謝罪しろって意味ですか？」

「強制はしない。ただ、君にその意思があるなら、順番はそちらが先だろうという話だ」

「……すみません。やっぱりそれは……」

俺がこんな卑屈な人間になってしまったのは、結局のところ、犯した罪から逃げ続けてきたからだ。分かっている。よく分かっている。けれど……。

今更、蒸し返しても仕方がない。芹愛だって思い出したくないに違いない。そんな風に身勝手に、芹愛の感情まで決めつけて逃げてしまう。俺はそういう卑怯な人間だった。

「頭では分かっているのに、次の一歩が踏み出せない。誰にだってそういう時はあるさ」

千歳先輩は微笑を浮かべる。

「正直に話してくれたことに感謝する。僕は君を軽蔑も弁護もしない。君たち二人が和解出来るなら、それがベストだとは思うがね。それは君自身の手でしか成し遂げられないことだ。ひとまず今は、僕が目下の課題を先に進めよう」

「じゃあ、芹愛には予定通り先輩が話すの?」

「ああ。明日の放課後、部活動終わりの芹愛を捕まえる。彼女が心を開くかは分からないが、どれだけ邪険にされようと、彼女のためにも絶対に逃がさない」

## 5

九月十一日、金曜日。午後六時半。

正門の前で佇《たたず》む俺たち三人を視界に捉え、芹愛《せりあ》は一瞬で顔を強張《こわば》らせた。その反応だけで、彼女が千歳《ちとせ》先輩と雛美《ひなみ》を認識していることは、証明されたようなものだった。

五ヵ月前に接触した千歳先輩からのアドバイスを受け、この周回での雛美は、夏休み前の終業式にて壇上に上がっていないという。芹愛がタイムリーパーでなければ、雛美のことを認識しているはずがないのだ。

「織原芹愛《おりはらせりあ》。この周回では初めましてだな」

何事もなかったかのように目の前を通り過ぎようとした芹愛に、先輩が声をかける。

一度、小さく身体を震わせてから、芹愛は立ち止まった。

「記憶にない出来事を謝るというのも奇妙な話だが、まずは謝罪をさせてくれ。僕らは白稜祭の初日に君を呼び出し、時計部の部室に閉じ込めている。そういう過去が存在するはずだ。君の特殊な事情も知らず、申し訳ないことをしてしまったと思っている。すまなかった。非礼を詫《わ》びた上で、君と話し合いたいことがある」

芹愛は口を真一文字に結び、睨《にら》むような眼差しで千歳先輩を見つめていた。

「薄々、気付いていると思うが、タイムリープをしているのは君一人ではない。君の隣人、杵城綜士《きじょうそうし》、そして、ここにいる二年五組の鈴鹿雛美《すずかひなみ》。二人もタイムリープを経験している。ああ、念のために補足しておこう。僕はタイムリーパーではない。一人だけこの現象の部外者というわけだ。しかし、本気で君たちを救いたいと思っている」

芹愛の表情は変わらない。

「織原芹愛、君の身に起きていることを話してくれないか？　どんなに馬鹿げた話でも、僕は笑ったりしない。君を助けるために、最大限の努力と誠意を払うことを誓おう」

千歳先輩の正義には理由がない。

打算も、計算も、足し算も、引き算も、存在しない。

手の届く場所で困っている人がいるから。ただそれだけの理由で、先輩は手を差し伸べる。こんな最悪の現象に巻き込まれた俺に、一つでも幸運があるとすれば、それは千歳先輩と知り合えたことだ。

先輩がいてくれたから、孤独ではなかった。

悲嘆に暮れて、絶望に身悶《みもだ》えすることもなかった。

だから、その手を芹愛にも摑《つか》んで欲しかったのに……。


「話すことなんて何もありません」


強張った声で告げると、芹愛は早足で歩き出す。

芹愛は俺たちよりも多い回数、タイムリープを繰り返している。その度に、家族を、友人を、失っているはずだ。

傷つくだけ傷ついた後で、ようやく差し伸べられたその手を……。

「僕らのことが信用出来ないからか？」

街路樹が立ち並ぶ並木道。

芹愛の後を追いかけながら、千歳先輩が鋭い声で告げる。

「それとも、仲間なんて作ったら、また、自分のせいで消えると思っているのか？」

芹愛は振り返らない。

後ろ姿だけでは、何を考えているのかも分からない。

「この五ヵ月間で君の周囲を調べた。君は最低でも五回、僕の推理が正しければ、八回以上のタイムリープを繰り返しているはずだ。ここにいる綜士は二回、雛美は四回のタイムリープを経験している。そして、過去へ跳躍する度に大切な人を失ってきた。完璧に説明することなど誰にも出来ない現象だ。何度も失敗してしまうのも仕方がない。多くの痛みを経験しただろう君の心中は察する。同情もしている。だが、同時に僕はこうも思う。織原芹愛、君は失敗し過ぎだ」

　それは、俺や雛美にとっても予期せぬ言葉だった。

　棘《とげ》のある言葉を受けて、芹愛が立ち止まる。

「不可抗力で悪夢のような迷路に閉じ込められたんだ。ある意味、君は悲劇のヒロインだろう。しかし、もしも本当に八回もタイムリープをしているのだとしたら、君は加害者でもあるんだぞ。何故なら後半に消失した何人かは救えたはずだからな」

　憎しみのこもった眼差しで、芹愛が振り返る。

「何も知らないくせに」

「ああ。そうだな。僕には分からないことが沢山ある。だが、君が考えている以上に、君のことは知っているぞ。入念に周囲を調べた上で、徹底的に考察したからな。良いか。織原芹愛、君はベストを尽くしていない。出来ることをすべてやったつもりでいるんだろうが、残念ながら、そのつもりでいるだけだ。君はベストなんて尽くしちゃいない」

「私のことなんて知らないでしょ。過去を見てきたわけでもないのに……」

「見なくても分かる。君はタイムリープについて誰にも話していないはずだ。理解してもらえるはずがない。相談しても意味がない。頭からそう決めつけて一人で戦ってきた」

「当たり前でしょ。こんなこと誰が信じて……」

「僕は信じたぞ。タイムリープなんて経験していないが、綜士のことも、雛美のことも、僕は信じている」

言い返しようのない断言を受け、芹愛が口をつぐむ。

「二年一組には消失した君の親友が三人いたはずだ。恐らく、ほかのクラスにも陸上部の友人がいたことだろう。後輩や部のコーチはどうだった？　君を信頼していた人間は沢山いたのに、肝心の君が彼らを信用しなかった。違うか？　反論があるなら言ってみろ」

芹愛は顔を歪《ゆが》めたまま、先輩を睨みつけることしか出来ていなかった。

「人間が一人で出来ることには限界がある。だから仲間が必要なんだ。綜士も、雛美も、一人ではここまで辿《たど》り着けなかった。だが、二人は僕を信じ、共に戦おうとしてくれた。そういう気概があったから、三人で戦うことが出来たから、歩みは遅くとも僕らは真実に近付くことが出来た」

反論出来ない芹愛に対し、先輩は強い口調で続ける。

「織原芹愛、君が最初にやらなければならなかったことは、友に不安を打ち明けることだったんだよ。他人を信じられないことが、君の欠点だ。今もそうだぞ。差し伸べられた手を、頑《かたく》なに拒もうとしている。たった一人で戦って、何度も失敗してきたのに、また同じ過ちを繰り返すのか？　また大切な誰かを失うのか？」

うつむき、顔面を押さえる芹愛の右手が震えていた。

「もう一度、言うぞ」

芹愛の右手の隙間から零れた雫《しずく》が、地面を濡らしていく。

「僕は君を助けるために、最大限の努力と誠意を払う。君のことを救いたいんだ」


本当は、俺にだって芹愛に言いたいことがあった。

出来ることなら、その手は俺が差し伸べたかった。

だけど、こいつが自殺を考えるくらいに苦しんでいると知っていたのに、今日までほとんど何も出来ないままだった。

力になりたいのに。頼って欲しいのに。たった一言が告げられない。


「……もう、どうして良いか分からない」

消えそうな声で囁《ささや》くと、彼女はよろけるような足取りで歩き出す。

「芹愛！」

「追いかけてこないで！」

俺が声をかけると、反射的に拒絶の言葉が飛んできた。

「お前が俺たちを信用出来ないのは、ここに俺がいるからなんだろ？」

涙でぐしゃぐしゃになった瞳で射貫かれる。

「五年前のことを、ずっと後悔していた。ずっと、お前に謝りたかったんだ。俺のことを信用なんて出来ないよな。そんなの当然だ。だけどさ、千歳先輩は俺とは違う。先輩は本気で、お前を助けたいって願ってる。終わりにしたいんだ。もう二度と、誰にもタイムリープなんてして欲しくない」

口元を押さえたまま、涙交じりの瞳で、芹愛は俺を見つめていた。

「俺はお前の父親がもうすぐ死ぬことを知っている。亜樹那《あきな》さんが消えてしまったことも認識している。だから、分かるんだ」

それは、考えるまでもないことだった。

「安奈《あんな》さんが死ぬんだろ？　安奈さんが死ぬから、お前がタイムリープするんだろ？　守らせてくれよ。俺だって安奈さんを助けたいんだ！」

それから、どれくらいの沈黙があっただろう。

「……あなたたちが何を言っているのか、私には分からない」

震える声で告げると、逃げるように芹愛は走り去って行った。

「先輩、追わなくて良かったの？」

芹愛の背中が見えなくなってから、雛美が問う。

「伝えるべきことは、すべて伝えた。後は彼女がどう判断するかだ。どの道、彼女自身の心が動かないことには、どうしようもないんだ」

「まあ、まだ時間はあるか」

「三週間だ。それだけ待って彼女が動かないようなら、その時はもう一度、説得を試みる。僕らの話が理解出来ないほど、愚かな女だとも思わないがね。落ち着いて考えれば、最善の選択肢は自《おの》ずと彼女にも分かるはずさ」


初めて見た芹愛の涙が、心の一番柔らかい場所で揺れていた。

誰よりも守りたかった彼女を、今日、俺たちは傷つけてしまったんだろうか。

それとも、いつかの未来のために救ったんだろうか。

今日も俺には、彼女の心がまるで分からなかった。

# 第十二話　雨で涙も見えないけれど

# 1

九月十二日、土曜日、午前十時。

千歳《ちとせ》先輩に呼び出されて登校すると、グラウンドで陸上部が練習を行っていた。しかし、芹愛《せりあ》の姿は見当たらない。

昨日、俺は初めて彼女の涙を見た。他人を信じない性格を、弱さと弾劾《だんがい》されたからなのか。それとも『君を救いたい』と手を差し伸べられたからなのか。答えは分からないものの、千歳先輩の意志ある言葉は、芹愛の琴線《きんせん》を揺らした。

本日、部活に参加していないというのは、何かしらの爪痕がその心に残されたことの証《あかし》であるように思う。

「遅れてすみません」

陸上部の練習を眺めてから時計部へ向かったせいで、約束の時間を過ぎてしまった。

「あれ、雛美《ひなみ》も遅刻ですか？」

部室には千歳先輩の姿しかなかった。

「君がタイムリープで過去に戻って、今日で三日目だな。少しは落ち着いたか？」

俺の質問には答えずに、先輩は質問を返してきた。

「微妙です。状況はさすがに整理出来た気がするんですが、昨日、あいつの涙を見ちゃったせいで、ろくに眠れませんでした」

「彼女は僕らに協力してくれると思うか？」

「……どうでしょう。俺がいなければ話は簡単だったと思うんですけど」

「僕は逆だと思うがね」

「どういう意味ですか？」

「言葉の通りさ」

千歳先輩は微笑を浮かべたまま、それ以上の説明を足すことはしなかった。

「織原芹愛《おりはらせりあ》との折衝《せっしょう》を最優先に考え、後回しにしていた事案が幾つかある。君からゆっくりと話を聞くことも、その一つだ。今日はスムーズに話し合いを進めるために、意図的に雛美には声をかけなかった」

ロッキングチェアに座る千歳先輩の目が鋭く光る。

「過去の周回で僕らがどう戦い、何に失敗したのか。綜士《そうし》。君の頭の中にある記憶を、可能な限り詳細に話してくれ。それから、次なる一手を説明しよう」

俺の頭の中に存在しているのは、四周目と五周目の世界の記憶だ。少なくとも目覚めた直後は、そう信じていた。

俺は入学した直後から芹愛を遠目に観察している。だが、彼女が友人と思《おぼ》しき人物と親しくしている姿は見たことがない。その事実に鑑《かんが》みれば、芹愛がタイムリープを繰り返していたのは、雛美と俺の間、もしくは雛美より前ということになる。つまり、俺の中にある記憶は、便宜上『四周目、五周目の記憶』と呼称するしかないものだ。

二つの周回の記憶を話し終えると、先輩は十五分以上、険しい顔で黙り込んでしまった。雛美から聞いていた話と俺の話に、齟齬《そご》でもあったのだろうか。

長い沈黙の後で、先輩は一度、大きく深呼吸をした。それから、

「やはり本人の口から直接聞くというのは大切なことだな。雛美をタイムリープに至らしめる人物、古賀将成《こがしょうせい》について、幾つかの疑念を抱いてはいたが、想定の範疇《はんちゅう》を逸脱する情報だった」

「何か新しい発見があったんですね」

「一つは雛美が古賀将成を一度、自らの恋人と主張していたこと。もう一つは、彼を夜行祭から遠ざけるための手段に、嘘《うそ》が交じっていた可能性が高いことだ」

古賀さんは夜行祭の最中に、時計塔から落下して死ぬらしい。そのため、当日開催されるライブのチケットをプレゼントすることで、彼を学校から遠ざけ、死の運命を回避した。それが、一貫した彼女の主張だった。

しかし、古賀さん自身が当該バンドのファンクラブに入っており、自力でライブチケットを入手していたことが、五周目の世界で判明している。雛美は古賀さんの死の真相について、明らかに嘘をついていたのだ。

「雛美は虚栄心の強い女だ。想《おも》い人の恋人に成りすまそうとしただけであれば、意味のない見栄《みえ》を張ったのだと納得することも出来る。だが、チケットにまつわる虚言は見過ごせない。古賀将成が十月十日のライブチケットを、自力で入手していたとなると、多くの前提が覆《くつがえ》るからだ」

千歳先輩の顔に苦渋の眼差《まなざ》しが浮かぶ。

「彼は本当に時計塔から落下したのか。その日時は、白稜祭《はくりょうさい》初日の夜行祭で間違いないのか。何より雛美をタイムリープに至らしめる人物そのものについても疑念が生まれる」

「死ぬのが古賀さん以外の誰かってことですか？　そんなの幾ら何でも……」

「君の話を聞く前から、考慮していた可能性の一つだ。この五ヵ月、僕は雛美と多くの時間を共にしてきたが、どうにも彼女との深い関係性が見えてこない。彼女はタイムリープの引き金を、愛する人の死を知ることによる『絶望』だと説明した。しかし、古賀将成の死が、そこまでの絶望を彼女に及ぼすようには思えないんだ」

「でも、それって先輩の印象ですよね？　人の本心なんて外からは……」

「君の言う通り、あくまでも印象論でしかない。ただ、もう一つ根拠がある。雛美と最も関係性が深いと推測される人物が、世界から今も消えていないことだ。雛美は通算で四回タイムリープに至り、最初は父親、次に母親、三人目に弟が消えている。今回、消失したのは彼女の祖母だ。綜士《そうし》。君は雛美にもう一人、家族がいることを知っているか？」

「はい。確か姉がいるって」

「彼女の姉は君たちと同じ高校二年生だ。そして、雛美の誕生日は九月二十二日らしい」

「じゃあ、双子ってことですか？」

「計算上はそうなる。だが、ここに至ってもなお、彼女の姉は世界から消えていない。妙だと思わないか？　僕がこれまでの人生で出会った双子は、皆、仲が良かった。お互いの存在に特別な感情を抱いていたようにも思う」

「俺の知っている双子も、仲が良い奴らばかりでした。じゃあ、雛美がタイムリープに至る原因は、古賀さんじゃなくて……」

「彼女の双子の姉、鈴鹿《すずか》緒美《つぐみ》が死ぬことなのかもしれない」

現時点では、まだ憶測でしかない。

しかし、古賀さんにまつわる雛美の話は、いつも何かが少し変だった。

「雛美が嘘をついているのなら、そこには何か重大な理由があるはずだ。協力者である僕らを騙《だま》してでも、嘘を貫き通したい理由がな」

先輩の話は理解出来る。けれど、まったく想像がつかない。

俺や芹愛がタイムリープを回避しても、雛美が絶望に至ってしまえば、すべてがご破算になってしまうのだ。嘘をついてまで優先したい何かがあるなんて……。

「綜士、これから雛美について徹底的に調べるぞ」

## 2

クラスの中で孤立しているわけではないものの、特別に親しい友人はいない。それが、この五ヵ月間を雛美《ひなみ》と共に過ごした千歳《ちとせ》先輩の結論だった。

あいつはよく俺や千歳先輩のことを根暗だと小馬鹿にしていたが、自分だって友達の多いタイプではないのだ。四回もタイムリープをしているのに、家族しか消えていないという事実も、印象の正しさを立証しているだろう。

二年五組の生徒にヒアリングしても、恐らく俺たちが知っている以上の情報は得られない。雛美について深く知りたいなら、彼女の姉に接触するべきだった。

鈴鹿緒美《すずかつぐみ》については、既に千歳先輩がある程度の情報を、雛美から聞き出していた。

緒美は隣町にある公立の女子校、双葉山《ふたばやま》高校に通う高校二年生で、部活動は行っておらず、アルバイトもやっていないらしい。何故《なぜ》か先輩は写真も入手しており、無表情にカメラを見つめる彼女は、雛美と見分けがつかないほどにそっくりだった。

雛美は良くも悪くも感情の起伏が激しい女である。双子とはいっても、性格まで似るものではないのかもしれない。

緒美に接触するチャンスが訪れたのは、祝日を絡めた連休が明けた後のことだった。

芹愛《せりあ》の涙を見てから二週間後の九月二十五日、金曜日。

期末テストの最終日を迎えた双葉山高校が、午前上がりになるという情報を、千歳先輩が入手する。雛美に悟られずに接触するには、またとない機会だった。

双葉山高校は駅から徒歩二分という好立地に立つ女子校だ。

千歳先輩と共に授業をさぼり、お昼前から駅で見張っていると、すぐに目的の人物が見つかる。一卵性の双子なのだろう。緒美は背格好まで雛美と瓜二つ《うりふた》だった。

駅の構内に入ってきた彼女は、三人の同級生に囲まれていた。

女子の集団というのは、男子にとって非常に近付きにくい存在である。スムーズに話を進めるためにも、緒美が一人きりになる瞬間を待った方が良いだろう。

先輩と共に隣の車両に乗り込み、彼女の追跡を試みることにした。

定期テスト明けの解放感からか、緒美を取り巻く少女たちはよく笑っている。けれど、肝心の緒美は、雛美の姉であることが嘘のように表情が硬かった。相槌《あいづち》を打っていても何処《どこ》か空々しく見える。

四人の少女たちはターミナル駅で電車から降りると、駅ビルの中にあるカラオケ店へと入って行った。

「どうしますか？」

「仮に自然な形で接触出来ても、こんな店の中じゃ落ち着いて話が出来ない。出て来るのを待つしかないだろうな」

時刻はまだ午後一時前である。恐らく彼女たちはお店の中で昼食も済ませるつもりだろう。予想外に長い一日になりそうだった。

店内に消える四人を見送った後で、携帯電話が一通のメールを受信した。

『今、何処にいるの？　千歳先輩と一緒？』

送信元は尾行相手の妹、雛美だった。

お昼休み、時計部の部室に俺たちがいないことを不思議に思ったのだろう。送られてきたメールを先輩に見せると、

「僕にもメールが送られてくるかもしれないな」

そんなことを言いながら、先輩は自らの携帯電話の電源を落とす。

「電池が切れたことにしておこう。綜士《そうし》、電話がかかってくるかもしれないが、気付かなかったで押し通せ。相手にしなくて良い」

今日の行動は雛美に悟られるわけにはいかない。先輩の言う通り、無視し続けるしかなさそうだった。


三時間が経《た》っても、緒美と友人たちはお店から出て来なかった。

カラオケ店の前にあったファミレスに入り、出入り口を見張っているため、帰る姿を見逃すことはないはずだ。予定が控えているわけでもない。焦る理由はないのだが、放課後になり、怒濤《どとう》のように届き始めたメールが、妙に感情を逆撫《さかな》でる。

『今、何処？　五分以内に返信して』

『ねえ、何で無視するの？　メール見てるよね？　返信してよ』

『学校休んで何やってるわけ？　千歳先輩と一緒でしょ？　私に内緒で何をしてるのさ？　そういう陰険なことをやってるから、芹愛に嫌われるんじゃないの？』

『……もしかして怒った？　私も許してあげるからさ。返信してよ』

メールとメールの合間には電話もかかってきていたが、すべて無視していた。

『ねえ、あのガリガリ君、携帯の電源を切ってるでしょ？　今すぐ電源を入れろって伝えて。あと、チョコレートを全部、日向《ひなた》に置いて溶かしているから、今すぐ帰って来ないと後悔するぞって言っておいて』

『綜士。いい加減にしないと私も本気で怒るよ？　五分以内に返信しないと、綜士が芹愛の下着を盗んでいたこと、陸上部に行ってばらすからね？』

もちろん、俺はそんなことはやっていない。しかし、問題は……。

「先輩、あいつ、頭がおかしいから本気でやりかねないんですけど……」

「それよりチョコレートの方が問題だ。海外製品は仕入れるのに時間がかかるから、このままでは禁断症状が……」

「いや、俺の方が問題でしょ。人間としての尊厳がおびやかされていますって」

「彼女を甘く見ていた。まさかここまで的確にこちらの弱点を突いてくるとは……」

鈴鹿雛美の恐ろしいところは、それがどんなに馬鹿げた行為でも、あの女ならやりかねないと思わせるところだろう。

先輩と俺には共に大いなる葛藤《かっとう》が生じていたが、何とかギリギリのところで精神攻撃に打ち勝つ。この悪夢を終わらせるために、全力を尽くすと誓ったのだ。たとえ変態のレッテルを貼られても、惑うわけにはいかない。

本日、やらなければならないことは、緒美と接触して妹の話を聞くことだ。

午後五時を過ぎた頃より、雛美の電話とメールがぷっつりとやむ。

大人しく諦めたのだろうか。

それとも、ぶち切れて本当になりふり構わぬ手段に出ているのだろうか。

チョコレートを日向に放置するくらいのことは平気でやる女だ。芹愛に会いに行き、あることないことを言いふらすなんて真似《まね》も……無いとは断言出来ない。

午後六時半、ようやくこちらの事態にも変化が訪れる。

緒美と三人の友人たちが、カラオケ店から姿を現したのだ。

素早くレジで精算を済ませ、再び、彼女たちの尾行を開始する。

利用する路線が別なのだろう。

緒美は改札の前で、三人の友人と別れていた。

そのまま一人、構内の柱に背中を預け、携帯電話をいじり始める。

誰かと待ち合わせでもしているのだろうか。そんなことも思ったのだけれど、彼女は十分以上、携帯電話をいじるだけで、そこから動かなかった。

俺はいつでも何かに小さな不満があった。何者にもなれない自分にも、俺を理解しようとしない世界にも、等分に腹を立てていた。

この現象に巻き込まれるまで、正体の分からない何かに常に苛立《いらだ》っているような、そういう何処にでもいる、ありふれた十七歳だったように思う。

緒美は友達といても、何処か寂しそうだった。笑顔を浮かべてはいても、その横顔には小さな翳《かげ》りがあった。

「何か明確な目的があって、ああしているわけではないのかもしれないな。恐らく、ただ家に帰りたくないんだろう」

先輩の説明が胸にすとんと落ちた。

妹の雛美と同様、彼女も家族のほとんどを失っている。しかも、その理由は微塵《みじん》も分からないのだ。不思議に思うことさえ許されずに、彼女は孤独な世界を生きている。

「綜士、行こう。やはり僕らは彼女と話すべきだったんだ」

芹愛がタイムリープに至った周回の出来事は、俺も雛美も覚えていない。

過去の世界でも、今日のように俺たちが緒美と接触したことはあったんだろうか。

答えは分からなかったけれど、この出会いは未来を変える。そんな予感がしていた。

3

声をかけられた当初、鈴鹿緒美《すずかつぐみ》は露骨に不審の眼差しを俺たちに向けていた。

しかし、用件を告げると、あっさり話し合いに応じてくれる。

駅の構内に設置されたカフェに入り……。

「二人とも白鷹《しろたか》高校の生徒？」

席に着くと、値踏みでもするような眼差しで問われた。

「ああ。僕は草薙千歳《くさなぎちとせ》、こちらが杵城綜士《きじょうそうし》だ」

「ふーん。頭が良いんだね。白鷹高校って進学校だし、もっと校則とか厳しいんだと思ってた。そんな髪型で怒られないの？」

千歳先輩は女子かと見紛《みまが》うほどに髪が長い。

「容姿と学力の間に相関関係はない。ある程度の学業成績を収めていれば、大抵のことは見逃される。進学校というのは概《おおむ》ねそんなものだろう」

「そうなんだ。うちは髪を染めるのも、ピアスも、全部禁止だよ。守ってない子も普通にいるけどさ」

彼女が通う双葉山高校は、ごく平均的な偏差値の公立高校だ。女子校ではあるものの、お嬢様学校というイメージもない。

「それで話って何？　あいつの何が聞きたいの？」

妙な違和感があった。

二人は双子の姉妹だ。仲が良い妹のことを『あいつ』なんて呼ぶだろうか。

「春頃から妹さんと親しくしているんだが、同じ時間を共有する内に、少しずつ彼女のことが異性として気になり始めてしまってね」

「へー……。趣味が悪いね」

「誰よりも自由なところが雛美《ひなみ》の魅力だと思う。もちろん、容姿にも惹《ひ》かれている。双子の君にこんなことを言うのは気恥ずかしいが」

「……別に。私は自分の容姿が優れているなんて、思ったことないし」

「姉妹でも性格はまったく違うんだな。彼女はいつでも自信満々だ」

「あのさ」

一度、千歳先輩の話を遮ってから、緒美は溜息《ためいき》をついた。

「なんか否定しておいた方が良さそうだから、先に言っておきたいんだけど」

緒美は嫌そうな顔で俺たちから視線を逸《そ》らし、運ばれてきたコーヒーに目を落とす。
「照れ隠しでも、冗談でもないから、ちゃんと信じて欲しいんだけど」
冗長な前置きだと思った。一体、彼女は何を……。

「あいつと私、双子じゃないよ」

……双子ではない？　じゃあ、同級生の姉妹ということか？
しかし、雛美が九月生まれである以上、計算が合わない。

「そもそも姉妹じゃないし、血も繫《つな》がってない。あいつ、家族じゃないから」

4

「やっぱ、そんな顔になるよね」
あまりと言えばあまりの話に反応出来ず、絶句していた俺たちを見て、鈴鹿緒美《すずかつぐみ》はそんな風に呟《つぶや》いた。

「私のこと、嘘つきだって思ったんでしょ。赤の他人に何を思われても良いけどさ」

怖いくらいに真剣な眼差しで、千歳《ちとせ》先輩が彼女を見つめていた。

「……妹に想いを寄せているという僕を、からかっているわけではないんだな？」

「あいにくそういう趣味はないかな」

「そして、君が僕らに嘘をつく理由もない」

千歳先輩の言葉を受け、彼女は目を細める。

「じゃあ、私の話を信じるの？」

「もう少し詳しく聞かせてくれ。血が繋がっていないのであれば、君たちは一体、どういう関係なんだ？」

先輩は本当にこの女の話を信じるのだろうか。

緒美は雛美《ひなみ》と瓜二つである。今、この場で「実は私が雛美だよ」と宣言されたなら、そのまま信じても良いくらいだ。顔だけじゃない。背丈も、声色も、まったく同じなのだ。髪型と制服は違うけれど、一卵性の双子だとしか思えない。

「カッコウの托卵《たくらん》って知ってる？」

俺が首を横に振るのと、千歳先輩が頷《うなず》くのが同時だった。

「自分の卵の世話を、別の生き物に托す習性のことだ。カッコウは別種の親鳥が巣を離れた瞬間を狙い、そこに自分の卵を産む。カッコウの雛は比較的短期間で孵化《ふか》するため、巣の持ち主の雛より早く生まれる場合が多い。そして、孵化する前の卵を巣の外に押し出してしまうんだ。結果的にカッコウの雛は巣の中で唯一の雛となり、本来の子どもではないにもかかわらず、餌《えさ》をもらい、成長して巣立っていく。一種の寄生のような行為だな」

「へー。カッコウって性質《たち》の悪い鳥なんですね」

「自然界ではそれほど珍しい行為じゃない。爬虫類《はちゅうるい》にも、魚類にも、昆虫にも、托卵を行う種はいる。それで、そのカッコウの托卵がどうしたというんだ？」

目の前の少女の顔に、憎しみのような何かが灯《とも》る。

「あいつがうちの家族に対してやったことが似ているなって、ずっとそう思っていた」

「印象論ではなく事実として、君と雛美はよく似ている。髪型を合わせられたなら、少なくとも僕には見分けがつかないだろう。よって、もしも君の主張が、家族の中にいつの間にか無関係の女が入り込んでいたというものであれば、疑うべきは君の記憶の方になる」

「いつの間にか入り込んでいたわけじゃないよ」

「では、教えてくれ。いつ、雛美は君たち家族の一員に？」

多分、その次の言葉を聞くまで、俺も、千歳先輩も、目の前の少女の言葉を、話半分くらいにしか聞いていなかったように思う。二人は別人というには幾らなんでも似過ぎていたからだ。しかし……。

「五年前。小学六年生の夏に、突然、お父さんが家に連れて来たの」

……五年前の夏だと？

まったく同じ日付を思い描いたのだろう。

一瞬で千歳先輩の顔が険しくなる。

「念のために聞くが、それは八津代祭《やつしろさい》の夜の話か？」

「どうして分かったの？　あいつに聞いてた？」

彼女の問いには答えず、先輩は両眼を閉じて顔を上げると、長い息を吐き出す。

「まさかこんな場所で話が繋がるとはな」

俺の身にタイムリープが生じる理由について、先輩は一つの仮説を立てていた。それは、五年前の時震《じしん》が発生した瞬間に、震源地である白鷹高校にいたことである。震源地で時震を経験したからこそ、この現象が起こるようになったと先輩は考えたのだ。

だが、その仮説は、もう一人のタイムリーパーである雛美によって否定されていた。何度聞いても、彼女は五年前の時震など覚えていないと言い切っていたからである。

「君は五年前の夜に起きた大地震を覚えているか？」

「地震？　……ああ。そう言えば、そんなこともあったかもね」

「君はあの地震を何処で経験した？」

「あれでしょ。凄く長い時間揺れたのに、全然被害がなかった奴だよね？　普通に家にいたと思う。怖くてお母さんにしがみついたことを覚えてる」

「地震発生時、雛美は家にいたのか？」

「お父さんがあいつを連れて来たのは、もっと遅くなってからだよ。寝ていたところを起こされているから、深夜の十二時は過ぎていたと思う。お母さんに無理やり起こされて、リビングに行ったら、びしょ濡れになったあいつがいた」

「あの日、地震の後で雨が降り出したことは僕も覚えている。時系列は君の記憶の通りだろう。だが、君の主張が事実なら、雛美は鈴鹿家とは何の関わりもないということになる。そんな少女を何故、君の父親は自宅へ連れてきたんだ？」

「お父さんがあいつを私だと思ったからだよ」

「何処かで見つけた雛美のことを、娘だと勘違いしたということか？」

　不満そうな顔で、緒美は頷く。

「うちのお父さん、区役所で働いていて、お祭りの見回りをやっていた時に、びしょ濡れになったあいつを見つけたみたい。私だと思って慌てて近付いたら、あいつ、自分の名前も覚えていなかったみたいで」

「……記憶喪失だったということか？」

「演技でなかったのなら、多分」

曖昧《あいまい》な表情のまま、緒美は頷く。

「自分の名前も、家の住所も、覚えていなかったらしくて、お父さんは私が頭でも打ったんじゃないかって思ったみたい。それで、無理やり家まで引っ張ってきて。でも、家には私がいたから……」

「そこで雛美が自分の娘ではないと気がついた」

「そういうことなんだと思う。五年前の話だから、はっきりとは覚えてないけど」

「君の両親は記憶を失っていた雛美を引き取ることにしたということか？」

「最初は親を探したみたい。でも、あいつ、私だけじゃなくて父親ともそっくりなんだよね。自分の子どもを捨てるのかって、大抵、取り合ってもらえなかったって言ってた」

「だが、だからと言って、他人の子どもを育てるなんて……」

緒美はシャツの袖をめくり、二の腕を俺たちに見せてくる。

「ここに目立つほくろがあるでしょ？　気味の悪い話なんだけど、あいつも同じ位置にあるの。ここだけじゃなくて、私の身体にあるほくろと、あいつの身体にあるほくろの位置って、ほとんど一緒なんだよね。完全にすべてが同じってわけでもないんだけど」

「双子だとそうなるんですか？」

険しい眼差しを浮かべる千歳先輩に問う。

「生後間もない赤子にはほくろがない。成長と共にメラニン色素が活性化して出来るものだからだ。偶然、同じ位置に出来ることはあるだろう。だが、一卵性の双子であっても、ほくろの位置が完全に一致することはない」

しかし、雛美と緒美の二人には、その現象が起きている。彼女の口ぶりから察するに、ほとんどの位置が一致しているのだろう。

「お父さん、私とあいつが双子だったんじゃないかって言い始めたの。病院の手違いか何かで、別人の子どもとして育てられたんじゃないかって。そんなこと、あるわけないじゃん。双子だったなら生まれる前に分かっているでしょ？　でも、それ以外には考えられないって言って」

「DNA鑑定は行わなかったのか？」

「お父さんが反対してやっていない。あいつが本当の子どもであろうとなかろうと、帰る場所がないなら、うちで育てるって言い張って。無戸籍解消の手続きをして、本当にうちの子どもにしてしまった」

「雛美の誕生日は九月と聞いていたが」

「九月二十二日でしょ。それ、あいつじゃなくて、私の誕生日だよ。ほとんど双子みたいなものなんだからって言って、お父さんは『雛美』って名前をつけた後で、私の誕生日まで、あいつにあげた」

彼女の声色の端々に、怒りが滲《にじ》んでいた。

今日、こうして鈴鹿緒美と話すまで、俺たちは彼女こそが、雛美の『本当の大切な人』なのではないかと推測していた。だからこそ、双子の姉であるにもかかわらず、四回のタイムリープで消えなかったのだと思っていた。しかし、真実は予想とはかけ離れていた。

「私はいつか、あいつにうちが乗っ取られるんじゃないかって思っていた。だって、あいつが来てから、お父さんも、お母さんも、弟も、お祖母《ばあ》ちゃんも……」

だから、カッコウの托卵ということか。

「ねえ、あいつのことが異性として気になってるって言ったよね」

「ああ。そうでなければ、君に話しかけたりはしない」

「何だろう。ちょっと釈然としないんだけど、とりあえず、それなりに仲は良いわけでしょ？　あいつって本当に記憶喪失なの？　何か知らない？」

「残念ながら君が語った情報以上のことは知らない。正直に言えば、五年以上前の記憶を失っているというのも初耳だった。雛美は聞いてもいないことまでよく喋《しゃべ》る女だが、肝心なことを語らない。自分の話をしないんだ」

「そういうところ、あるよね」

「しかし、まったく君の力になれないということでもない」

先輩の言葉に、緒美の顔が明るくなる。

「どういう意味？」

「五年前、八津代町では奇怪な大地震が起こった。そして、その夜、君と瓜二つの記憶喪失の少女が鈴鹿家に現れた。君は二つの出来事の間に関連性があると思うか？」

「そんなこと、考えたこともなかったけど……」

「僕は五年間、あの大地震について調べていた。それが故に断言するが、雛美とあの地震が無関係とは思えない。関連性を示唆する状況証拠が、幾つか見つかっているからな」

「じゃあ、あいつの正体が分かるかもしれないってこと？」

「断言は出来ないがね。常識の範囲内で、もう少し彼女のことを探ってみるよ。意中の相手を深く知りたいと願うのは、ごく自然な欲求だろう？」

白々しい言葉を吐きながら、千歳先輩はメモ帳を取り出して、ペンを走らせた。

「僕の携帯電話の番号とメールアドレスだ。雛美について、また何かを思い出したら連絡をくれないか？　こちらも何か発見があった時には君に報告したい」

曖昧な表情で頷くと、渡された白紙のメモに緒美も自分の連絡先を書く。その後、先輩に促され、俺も彼女と連絡先を交換することになった。

「最後に、もう一つだけ聞きたいことがある。君は雛美が現れてからの家族の様子を、僕たちに教えてくれた。情報提供には感謝しているが疑問があるんだ」

「疑問？」

「君の家族は五年前、雛美が現れた頃に消えているはずだ」

「あれ……。そう言えば……」

千歳先輩の言葉を受け、彼女は小さく口を開いた。それから、頭に右手を当てて、混乱の色を隠せない顔で考え始める。演技をしているようには見えない。

「どうしてだろう……。私、ずっと、お父さんたちのことを忘れていたような気がする。お父さんたちが消えたのは五年前だって、あいつが言ったの？」

「そんなようなものだ」

「でも、張り紙であいつの家族を探したり、戸籍の手続きをしたのもお父さんだから……。あれ……。え、どういうこと？」

本当に自分でも訳が分からないのだろう。

心底困ったような顔で、彼女は俺たちを見つめてきた。


俺たちがタイムリープをする度に、親しい人間が一人ずつ消失する。

消失した人間は、五年前、恐らくはあの大地震の日を境に消えており、人々はその消失を疑問に思わない。それが、俺たちが抱いている理解だ。

ほかの人々と同様、緒美も今日まで家族の消失に疑問を抱いていなかった。

しかし、彼女は五年前よりも後の出来事である雛美の家族探し、無戸籍解消の経緯を覚えていた。より正確に言えば、千歳先輩の質問により思い出してしまった。

「自分でも分からない。それもまた示唆《しさ》に富む答えの一つだ」

戸惑う彼女に対し、千歳先輩はそんな風に告げる。


雛美の姉、鈴鹿緒美。

彼女と話をしたことで、俺たちは幾つもの新事実を知ることになった。

しかし、新しい情報を手に入れることが、すなわち前進に繋がるわけでもないらしい。

情報は増えたはずなのに、以前にも増して状況は不可解なものになった。


カフェを出ると、駅の外で雨が降り出していた。

今週はずっとこんな天気が続くと、朝のニュースで言っていた。

「あいつがあの日、びしょ濡れになっていなければ、お父さんは声をかけたりしなかったのかな。そうしたら、うちの家が乗っ取られて、皆が消えることもなかったのかな」

絶え間なく降り注ぐ雨粒を見つめながら、緒美が呟く。


出会った頃から、雛美は我儘《わがまま》で、自由で、傍《はた》迷惑な女だった。

だけど、本当は……。

本当のあいつの心は……。

緒美と別れ、千歳先輩と共に電車に揺られていた。

彼女から聞いた話を思い出している内に、疑問が生まれたので尋ねてみる。

「先輩。一つ前の周回で、俺たちは安奈《あんな》さんに会いに行ったんですよね。その時、名前を出しても安奈さんは亜樹那《あきな》さんのことを思い出さなかったって言ってませんでしたっけ。どうして緒美だけ父親との出来事を思い出せたんでしょうか？」

「それが、今日の最大の疑問だな。九月十日になるまで君は海堂一騎《かいどうかずき》のことを思い出さなかった。消失した人間は、五年前から世界にいなかったことになる。君は高校に入学してから彼と出会っているわけだから、思い出せなかったのも当然だ。しかし、緒美はこの五年以内に経験した父親との出来事を覚えていた。特異な事例と言わざるを得ない。とはいえ、例外的事例だからこそ得られる洞察もある」

千歳先輩の自宅は高校の最寄り駅である白新《はくしん》駅の近くにある。

白新駅が近付き、電車が減速を始めたタイミングで席を立ち、

「新しい仮説に辿《たど》り着いた。彼女に話を聞くまで、断言は出来ないが……」

それから、先輩が口にした言葉は、本当に意外なものだった。一体何を根拠にそんな仮説に至ったのだろう。

結論だけ告げると、そのまま先輩は電車から降りて行ってしまった。

5

午後八時過ぎ。

北河口《きたかわぐち》駅で下車すると、雨脚がいっそう強まっていた。

駅舎に隣接したコンビニでビニール傘を購入し、帰途につく。

ろくに頭の中もまとまらないまま歩く、雨の帰り道。

鈴鹿雛美《すずかひなみ》の傍若無人な言動や笑顔が、頭の中をいっぱいに占めていた。

可哀想《かわいそう》な奴だと、今、心の底からそう思う。

あれは、いつのことだっただろうか。

『綜士《そうし》はさ、どうして自分がこの世界に生まれてきたんだろうって考えたことある?』

月明かりが差し込む時計部の部室で、あいつはそんなことを言っていた。

『一つで良いから、私がこの世界に生まれてきた意味があったら良いなって。私が生きていることを喜んでくれる人が、誰か一人でもいたら良いなって。いつも願ってる』

あの時、あいつの唇から零れた言葉は、きっと、すべてが……。

自宅に辿り着くと、雨を避けるように膝を抱えて、玄関に雛美が座っていた。

午後五時を過ぎた頃より、彼女からの連絡はぱったりと途絶えている。てっきり諦めたと思っていたのに。

「何で電話を無視したの？　先輩と一緒だったんでしょ？　私を仲間外れにして何をしていたわけ？　今日は何処に行っていたの？」

俺を睨《にら》みつけて、雛美は早口にまくしたてる。

こいつは夕方から、ずっと、ここで俺のことを待ち伏せしていたんだろうか。

何時に帰って来るかも分からなかった俺のことを、雨が降ってきても……。

雛美の待つ玄関まで進めず、傘を差したまま、

「お前さ、無戸籍児童だったのか？」

それを問うと、彼女の頬が引きつった。

「五年前の地震を覚えていなかったのは、そもそも記憶喪失だったからなのか？」

俺を睨みつけたまま、緩慢な動きで雛美が立ち上がる。

「……誰に聞いたの？　まさか緒美《つぐみ》に会っていたわけ？」

「質問をしたのは俺が先だ」

「はあ？　私の方が先でしょ。て言うか、先とか後とかどうでも良いし。他人のことを勝

手に調べるってルール違反じゃない？　失礼なことをしているって自覚が……」

「何でそうやって隠すんだよ。どうして嘘ばっかりつくんだ？　お前が鈴鹿家の人間じゃなかったなんて聞いてないぞ。記憶喪失だったなんて、本当の親が分からないなんて、そんなこと俺たちは聞いてない」

「違う。家族だもん。鈴鹿家が私の……」

「事実を感情で捏造《ねつぞう》するなよ。お前は夏祭りの夜に、鈴鹿家の父親に拾われ……」

「違う。違う。違う！　あの人たちは家族だもん。家族だから、大切だから消えたの！」

「……別にお前との絆《きずな》を否定してるわけじゃない。俺が言いたいのは、どうしてそんな大事なことを黙っていたのかってことだ。結局、お前は俺たちのことを信用なんてしていないんだろ？　だから、そうやって嘘をつく。嘘がばれた後も言い訳ばかりする」

俺の指摘を受けて、雛美の顔が歪《ゆが》む。

「大切な人が時計塔から落ちるって、あれも嘘なんじゃないのか？　そもそも、その大切な人って古賀《こが》さんなのかよ。本当はあの女、鈴鹿緒美なんじゃないのか？」

「緒美なんて私には関係ない。あんな奴、大切でも何でもないわ。あいつは出会った時から、ずっと、今でも、私のことを嫌ってるもの」

確かに、雛美のことを話す緒美の態度には棘《とげ》があったけれど。

「……結局、そうやって、お前は肝心なことを話さないんだ」

「話してるよ」

「話してないだろ」

「じゃあ、何を言えば良いの？　本当の親が分からないこと？　記憶喪失だってこと？　全部その通りだよって言えば、私を認めてくれるわけ？　でも、そんなのタイムリープに関係ないじゃん。違う？　こんなこと話したって、何の意味もないでしょ？　だから黙っていたのに、それの何が悪いの？　どうして、そんな目で見るのよ！」

理由も分からない溜息が零れた。

「どうしてここで待っていたんだ？　五ヵ月も一緒に行動していたんだから、千歳《ちとせ》先輩の家だって知ってるんだろ？　俺なんて先輩に言われた通りに動いているだけだ。文句があるなら先輩に言えば良かっただろ」

「……だって私の気持ちを理解出来るのは綜士だけじゃん」

「先輩だって分かるよ」

「分からないよ。あの人は想像してるだけ。タイムリープをしていない人には、私たちの本当の気持ちなんて絶対分からない」

「俺だって……お前の気持ちは分からないよ。芹愛《せりあ》の気持ちだって分からないんだ。嘘ばかりついているお前の気持ちなんて……」

その時、俺の肩越しに視線を向けた雛美が、顔を歪める。

つられるように振り返ると、水色の雨傘を差した芹愛が立っていた。

芹愛はまだ制服を着ている。父親のお見舞いにでも行っていたのだろうか。


立ち止まった芹愛は、道路から俺と雛美を無表情に見つめていた。

「……千歳先輩の話を信じる気になったか？」

沈黙に耐え切れなくなり、芹愛にそれを問うと、彼女は躊躇《ためら》うような眼差しを見せてから視線を逸らした。

そして、芹愛が自宅の門に手をかけたその時、

「待ちなさいよ！」

感情的に叫んで、雛美が雨の下に飛び出していった。

振り返ったところで雛美に胸倉を摑《つか》まれ、芹愛の手から傘が落ちる。

「あんたのせいだ。あんたのせいで、こんなことになったんだから！」

「……意味が分からない。タイムリープをしているのはあなたも一緒でしょ」

「あんたさえいなければ綜士は……」

最後まで言わせずに芹愛が雛美を振りほどき、激しい雨に打たれて、二人がずぶ濡れになっていく。

それから、雛美は振り返りもせずに走り去っていった。

呼び止める暇もなかった。

あっという間に角を曲がり、後ろ姿が見えなくなる。


「俺はさっきまで千歳先輩と一緒にいた。別れ際に言われたんだ」

道路に落ちた水色の傘を拾い、動けずにいる芹愛に差し出す。

「お前に話を聞くまで断言出来ないけど、『タイムリープの条件を満たしても、織原芹愛《おりはらせりあ》はもう過去へは飛ばないかもしれない』って」

傘を受け取った芹愛の顔に、不審の眼差しが浮かぶ。

「……どういう意味？」

「俺もよく分からない。それ以上は説明してもらえなかったから」

溜息を一つついてから、目を逸らし、芹愛は門の内側に入っていく。

「綜士。あの子を追わなくて良いの？」

「追った方が良いと思うか？」

「知らない。私には関係ないもの」

そっけなく告げて、芹愛は玄関の扉に手をかける。

「そうやって最後まで俺たちから逃げ続けるのか？」

様々なことから、今まで逃げ続けてきたのは、ほかならぬ俺だ。誰かに偉そうに説教出来る身分じゃないことは分かっている。滑稽《こっけい》だという自覚もある。それでも、言わずにはいられなかった。

「千歳先輩の仮説が正しければ、お前はもうやり直せないんだぞ。大切な人を失って、そのまま……」

扉を開きかけていた芹愛の手が止まる。

「俺たちは時計部でお前のことを待ってるから」

どれくらいの時間、芹愛はそのまま動かずにいただろう。

最後まで返事はなく、やがて家の中に芹愛は消えてしまった。

こんな土砂降りの雨の中、傘も持たずに雛美は走り去っている。

何処へ向かったのかも分からないけれど、可哀想なあいつの後を追おう。そう思った。

心が飽和してしまいそうな今は、せめて、息が切れるまで走りたかった。

# 第十三話

# たとえ世界を騙せても

# 1

九月二十八日、月曜日の放課後。

掃除をさぼって時計部へ出向くと、千歳《ちとせ》先輩が壁の掛け時計を写真に撮っていた。

様々な角度から一通り写真に収めた後で、今度は木製机やガラスキャビネットに向けてシャッターを切り始める。

「先輩、この前も室内の写真を撮っていましたけど、何をやっているんですか？」

最後に俺に向けてシャッターを切ってから、先輩はロッキングチェアに腰をかける。

「そうか。綜士《そうし》にはまだ話していなかったな。実はタイムリーパーの過去の行動が、復元する場合があるらしいんだ」

「復元……ですか？」

「ああ。君は一度、雛美《ひなみ》にそそのかされて、掛け時計の針をいじっているだろう？」

「はい。確かにそんなことはありましたけど……」

「それがいつの出来事か覚えているか？」

「白稜祭《はくりょうさい》の前日だったと思います。先輩と雛美が大喧嘩《おおげんか》をして、腹いせにあいつが」

「その周回でタイムリープをしたのが綜士だったからだろうな。君がいじった掛け時計の針のみ、当該日時がやってくると悪戯《いたずら》が再現されるんだ」

「時刻が変わるってことですか？」

「それだけじゃない。君が家庭科室で撮った、海堂一騎《かいどうかずき》の写真も復元していたそうだ」

一騎の写真が復元した？

学園祭の実行委員に撮らされた証明写真のことだろうか。

「時計塔の付近で、タイムリーパーに干渉された事象は、以降の世界に復元する可能性がある。ただ、いかんせん情報が少な過ぎるせいで、推理が先に進まない。そこで、さらなる情報を得るために、毎日、部室の写真を撮っていた。直近のタイムリーパーは雛美だ。以前の周回でも、彼女はあの調子で好き勝手に振る舞っていた可能性が高い。毎日、前日の写真と室内を見比べることで、復元にまつわる時間的条件を探っている」

「と言うことは、まだ、復元は発生していないんですね」

「ああ。復元を確認出来たら、君たちにはやってもらいたいことがある。しかし、残念ながら、まだその時がきていない」

過去にタイムリーパーが起こした行動が、現在の周回に復元する可能性がある。

突飛な話ではあったが、雛美の作り話ということもないだろう。家庭科室は、この南棟の二階にある。実際にその写真を見たか、俺から話を聞いていない限り、そこで証明写真が撮られたことを彼女が知っているはずがない。

「雛美は今日、学校を休んだみたいです」

三日前、俺と先輩は、雛美の姉、鈴鹿緒美《すずかつぐみ》に話を聞きに行った。

その後、自宅で待ち伏せしていた雛美に遭遇したものの、結局、喧嘩別れのような形になっている。

雨の中、走り去った雛美を、俺は捕まえることが出来なかった。

「俺たちが緒美と無断で会ったことを、まだ怒っているのかもですね」

「織原芹愛《おりはらせりあ》からの音沙汰もない。もう失敗出来ないというのに、前途は多難だな」

「もう失敗出来ないっていうのは、この前、電車で先輩が話していた、芹愛には二度とタイムリープが起きないかもしれないっていう……」

その時、携帯電話が意外な人物からのメールを受信した。

「鈴鹿緒美からのメールです。何だろう」

今日まで一度もやり取りなんてしたことがなかったわけだが……。

『雛美のことで聞きたいことがあるんだけど、今日、会えないかな?』

緒美からのメールは実にシンプルなものだった。

学校を休んでいる雛美の動向も気になる。断る理由などない。

先輩と共に、彼女に会いに行くことにした。


午後五時半。

緒美と待ち合わせた場所は、前回と同じカフェだった。

俺たちより早く店に着いていた彼女は、今日も双葉山《ふたばやま》高校の制服を着ている。

雛美と緒美は瓜二つ《うりふた》である。カフェに向かう道中、先輩は二人が入れ替わっている可能性を危惧《きぐ》していたが、現れたのは緒美で間違いなかった。

どうやら雛美は一昨日から風邪をひいているらしい。あの日、雨の中を走り去ったせいだろう。


しばしの雑談を経た後で、注文していた飲み物が運ばれてくる。それに口をつけてから、

「あのさ、綜士君ってあいつの元彼？」

そんな問いが、彼女の口から飛び出した。

「まさか。何でそんなことを思うわけ？」

不本意な誤解だった。

「……ああ。まあ、でも、そうか。それなら千歳さんと一緒に行動している意味が分かん

ないもんね。あれから色々と考えて、そういう可能性もあるのかなって思ったんだけどな。あいつ、最近、様子が変わったから」

「雛美が変わった？」

「うん。高校デビューってのとは少し違うんだろうけど、最近、髪型とか色々と変わったじゃない。眼鏡《めがね》もやめたし」

「へー。あいつって眼鏡をかけていたんだ」

「あれ、知らなかったの？　私と似ているって言われるのを嫌がって、ずっとコンタクトにしなかったんだよ。それが急に眼鏡をやめて、街の美容室に通い出したわけ。彼氏か何かが出来たからなんだと思ってた」

「一つ、率直な意見を聞かせてくれないか」

怖いくらいに真剣な眼差《まなざ》しで、千歳先輩が口を開く。

「君の目から見て、雛美というのはどんな女だ？」

「根暗で何を考えているか分からない女？　なんか最近、雰囲気変わったけど」

それは、俺たちが抱く雛美の印象とは随分異なるものだった。

「若干、辻褄《つじつま》が合わないな。彼女の印象の変化を、人間関係の変遷《へんせん》によるものと推理したことは理解出来る。しかし、綜士が過去に恋人であったと推理を繋《つな》げるのは、論理が飛躍し過ぎじゃないか？」

「いや、理由があるの。だって、これ」

そう言って、緒美がテーブルの上に置いたのは……。

「……懐中時計？　どうしてこれを君が……」

目の前に、懐かしい懐中時計があった。忘れられるはずがない。家を出て行った父にもらった宝物である。五年前に失《な》くしたと思っていたのに、どうして……。

「最初に喋《しゃべ》った時から、聞き覚えのある名前だなって思ってたんだよね。昨日の夜、やっと思い出せた」

懐中時計に手を伸ばし、彼女がそれをひっくり返す。

記憶に違わず、『SOUSHI KIJOU』の名前が刻印されていた。

「これ、綜士君の時計でしょ？　フルネームで被るような名前じゃないし」

「何処《どこ》でこれを？　ずっと探していたんだ」

「じゃあ、やっぱり、これは綜士君がプレゼントした物じゃなかったんだね。そりゃ、そうか。名前入りだもんね。これ、あいつが何年も前から持っていたんだよ。それこそ、うちに来た頃から持っていた気がする」

「……雛美が？」

「うん。これって盗まれたの？」

「いや、落としたんだ。それで探したんだけど、見つからなくて……」

意味が分からなかった。この懐中時計を失くしたのは、五年前の夏のことだ。『時震《じしん》』を経験した八津代祭《やつしろさい》の夜、忍び込んだ白鷹《しろたか》高校で、俺はこれを落としてしまった。

雛美に盗まれたわけじゃない。彼女がこれを手にしていた理由が分からない。

「あいつ、昔からこれを凄《すご》く大事にしてたんだよね。絶対に他人に触らせなかったし、いつも持ち歩いていた気がする」

「そんなに大切にしていた物を、どうやって持ち出したんだ?」

「熱が下がらないみたいだったから、今朝、タクシーを呼んで、あいつを無理やり病院に行かせたの。フラフラだったから、さすがに持って行くのを忘れたみたい。それでちょっと拝借してきた」

悪びれもせずに、彼女はそんな風に答えた。

「まあ、私にはよく分かんないけどさ。これは綜士君の物なんだから、君に返すよ。あいつに何か言われても、無視するだけだしね」

そういう何処か無責任な発言をするところは、雛美と似ている気がする。緒美は雛美が赤の他人だと説明したが、改めて見ても本当に双子にしか見えなかった。

緒美と別れて、千歳先輩と共に帰途につく。

閑散とした電車に揺られながら。

受け取った懐中時計を失くした場所が、五年前の八月八日、白鷹高校だったこと。

それを落としたのが、恐らくは正門を駆け抜けようとしていた時だったこと。

そして、あの時、誰かの声が聞こえたような気がしたこと。

薄ぼんやりとした記憶を辿《たど》り、思い出せる限りのことを伝える。

緒美と出会ってから、新しく知る真実は訳の分からないことばかりだった。一から十まで、本当に意味が分からない。


「熱が下がっていないという話だし、恐らく雛美は明日も学校を休むだろう」

白新《はくしん》駅まであと一駅となったところで、先輩が再び口を開いた。

「三日前に緒美の話を聞いてから、ずっと、ある仮説が僕の頭の中で主張を続けている。だが、それは、あまりにも非科学的な仮説だった。そんなこと有り得ない。我ながら馬鹿なことを考えている。そう思っていた。思っていたはずだったんだ」

「どういうことですか？」

「今日、知った情報によって、有り得ないはずの仮説が補強されてしまった。いや、迂遠《うえん》な言い方はよそう。その仮説以外では、君たちの身に発生する現象を説明出来ない」

「……どうして俺たちがタイムリープするのか、分かったってことですか？」

「僕たちは芹愛の事情を知らない。彼女の話を聞くまで確信は出来ない。しかし、もしも芹愛が五年前、八月八日の夜に、白鷹高校にいたとしたら、仮説は確信に変わる」

「俺も白新駅で降ります。教えて下さい。先輩は何に気付いたんですか？」

急《せ》かす俺を手で制し、千歳先輩は一人、立ち上がった。

「頭の中を整理したい。一日だけ時間をくれ。その上で、やはりこれしかないという確信に僕が至った場合は、明日、雛美のお見舞いに行こう」

「お見舞い、ですか？」

「ああ。彼女も知らなければならない」

電車がホームに入り、ゆっくりと減速していく。

「何故《なぜ》、君たちの身にだけ、タイムリープなどという現象が発生するようになったのか」

電車が到着し、その扉が開く。

「僕が明日、それを解き明かす」

それを最後に告げて、千歳先輩は電車から降りて行ってしまった。


去り際、先輩は芹愛も時震があった夜に白鷹高校にいたのかもしれないと言っていた。

当時は芹愛も小学六年生である。普通に考えれば、そんな偶然は起こり得ない。けれど、そんな有り得ない事態を想定する程度には、仮説に確信を抱いているのだろう。

気付けば、心臓が鼓動を速めていた。

それが千歳先輩でなければ、『解き明かす』などと言われても俺は鼻で笑ったはずだ。だが、先輩はあの時震の謎を解くためだけに、二年も留年して高校に留まった人である。その執念は尋常なものではない。

今はただ、ひたすらに明日が待ち遠しかった。

## 2

九月二十九日、火曜日。

午前十一時半過ぎ、千歳《ちとせ》先輩と共に鈴鹿《すずか》家に到着した。過去の周回でも、雛美《ひなみ》を調べるために鈴鹿家を訪れたことがあるらしいが、俺の記憶には残っていない。

鈴鹿家はごくありふれた一軒家だった。塀垣の上から覗《のぞ》くと、広くも狭くもない庭があり、雑草が伸び放題になっていた。現在、この家で暮らしているのは、雛美と緒美《つぐみ》の二人だけである。庭の手入れをする人間がいないのだろう。

チャイムを押しても反応がなかった。

一限が終わった後で、雛美が五組に登校していないことを確認してから、俺たちは学校を出ている。病み上がりの彼女が、何処かへ出掛けているなどということもないと思うのだが……。

再び、千歳先輩がチャイムを押したが、やはり反応がない。

すると、先輩は無表情のまま、チャイムを連打し始めた。


二十回はチャイムを押しただろうか。

どたばたとした足音が聞こえてきたと思うと、勢いよく玄関の扉が開かれる。

「うるさい！　何時だと思ってるのよ！　まだ寝てる……って先輩。綜士《そうし》……」

怒りの形相で飛び出してきた雛美が口をつぐむ。

まだ寝ていたのだろう。パジャマ姿の雛美の髪は寝癖ではねていた。

「君の言葉をそのまま返そう。何時だと思っているんだ？　もうすぐ正午だぞ」

千歳先輩の冷たい言葉を受け、雛美の頬が引きつる。

「私、ブリティッシュスタイルだし、グリニッジ標準時なら夜中の三時前だもん」

「君の戯言《たわごと》に付き合うのも不本意だが、欧州はサマータイムの実施期間中だから、実際は午前四時前だな」

「……神経質なもやしめ」

「風邪が長引いていると聞いた」

持参していたお見舞いの品を先輩が差し出す。

「ザッハトルテだ」

「バッハ……?」

「ザッハトルテ。チョコレートケーキの王様とも呼ばれるオーストリアの伝統菓子だ」

「へー。先輩にしては気が利くじゃない」

「それだけ軽口が叩《たた》けるなら、心配は不要だな。頭も回っているようだ。家に上がっても良いか? 大切な話をしたい」

「大切な話?」

「君たちにタイムリープが発生する理由について、仮説がまとまった」

雛美の顔に浮かんでいた、へらへらとした笑顔が消える。

「この周回で終わりにしよう。僕はもう二度と、誰も世界に奪わせやしない」

3

壁にかけられたカレンダーに目をやると、九月二十二日に赤いペンで丸がつけられていた。雛美《ひなみ》と緒美《つぐみ》、どちらがつけた印なのだろう。

顔を洗い、パジャマから私服へと着替えた雛美がリビングにやって来る。

「一週間前がお前の誕生日だったんだな」

「どうでも良い。あいつにもらった誕生日なんて、誕生日じゃない」

そっけなく告げて、雛美は六つあるダイニングチェアの一つに着席する。

鈴鹿家からは両親、弟、祖母が消失している。

このダイニングテーブルに三人以上の人間が集まるのは久しぶりなはずだ。


「最初に断っておく。これから僕が披露する仮説を、二人ともにわかには信じられないだろう。だが、最後まで聞いて欲しい」

千歳《ちとせ》先輩はそんな前置きをしてから、一枚の紙をテーブルの上に置く。

それは、八年前の地方紙から三面記事をコピーしたものだった。

「この日、佐渡島《さどがしま》で夕刻、地震が起きた。数十件の通報があり、消防署の職員までもがその震動を体感していたのに、地震計には一切の記録が残っていなかった」

いつかの周回でも耳にした言葉が届く。

「五年前に八津代町で時震が起きた後、僕はこのニュースに辿り着き、追えるだけの情報を追った。そして、八年前の佐渡島でも『時震』が発生していたと確信することになったわけだが、それは最近まで、ただそれだけのことだった。しかし、ようやく気付いたんだ。佐渡島で起きたこの事件こそが、すべての始まりだった」

千歳先輩の声色が確信に染まる。

「八年前の時震がきっかけとなり、この世界は分岐したのさ」

「……世界が分岐した？」

幾許《いくばく》かの沈黙を経たのに、反芻《はんすう》することしか出来なかった。

「ああ。その時震をきっかけに、別の世界が発生したんだ。あの日、僕らが生きるこの現実とは異なる、もう一つの現実、平行世界、パラレルワールドが生まれたと理解するしかない。分岐した世界が存在すると考えなければ、この世界で起きている現象に説明がつけられないからな。裏を返せば、平行世界が存在しているとすれば、一連の不可思議な現象に説明をつけられるんだ」

必死に耳を傾けているのに、告げられた話の半分も理解出来なかった。

以前、先輩はタイムマシンを作っていると法螺《ほら》を吹いたが、パラレルワールドなんてそれこそ本当にSF以外のなにものでもない。

「よく分かんない。て言うか、回りくどい。理由とか根拠とか、そういうのは良いから、結論から教えてよ。要するにどういうことなの？」

愚鈍な俺たちにも理解出来るよう、嚙《か》み砕《くだ》いて話してくれていたのだろう先輩の努力を一蹴《いっしゅう》し、雛美が先を促す。

「君が望むのなら、そうしよう」

先輩は一度、小さく息を吸い込んでから……。

「八年前に佐渡島で起きた時震により、世界は分岐した。そして、五年前、その平行世界から一人の少女が飛ばされてきたことで、八津代町にも時震が発生した。少女の名前は鈴《すず》鹿緒美《かつぐみ》。こちらの世界で、鈴鹿雛美と呼ばれている君だ」

長い、長い、沈黙の後で。

「……意味分かんない」

雛美は千歳先輩を睨《にら》みつけると、吐き捨てるようにそう言った。

「私が緒美？　先輩、頭おかしいんじゃないの」

「しかし、そう考える以外に説明がつかない。君と緒美は双子でも、姉妹でも、親族でもない。同一人物なんだ」

ダイニングテーブルを怒りに任せて叩き、雛美が立ち上がる。

「君と緒美の身体には、ほぼ同じ位置に、ほくろがあると聞いた。その理由を説明する」

立ち去ろうとしていた雛美の動きが止まる。

「ほくろには先天性のものと後天性のものが存在する。先天性のものは遺伝子に起因するもので、生まれてから思春期までの間に出来る。君たち二人の身体にあるほくろが、ほとんど同じ位置に出来ているのは、それが先天性のものだからだ。しかし、八年前の時震を境に、君たちはそれぞれの世界で異なる人生を歩み始めた。人間の肌は紫外線などの刺激を受けると、肌を守るためにメラニン色素を作り出す。そのメラニンが一部分に多く集まった箇所が、後天性のほくろになる。分かるか？　八年前の時震をきっかけに、君たちの人生が分岐を始めたから、後天性のほくろは位置が違うんだ。これが君たちの身体に奇妙な相似《そうじ》が起きている理由だ」

「……理屈ばっかり。私をあんな奴と一緒にするとか、マジでむかつくんだけど」

「君たちを同一人物であると推理するための根拠は、もう一つある。緒美は五年前の時震の後、父親が君を自宅に連れて来たこと、無戸籍解消の手続きを行ったことを覚えていた。しかし、本来それはタイムリープを経験した君の中にしか存在しないはずの記憶だ。それが何故か、緒美の中にも残っていた。考えられる理由は一つしかない。タイムリープによって雛美の精神が過去に戻った際、緒美の精神にも記憶がひっかかったんだ。そして、そんなことは君たちが同一人物でない限り起こり得ない。綜士、君はどう思う？」

世界が分岐したなんて話を、言葉のまま素直に受け入れるのは難しい。だが、精神が過去に戻っている時点で、常識なんて既にあってないようなものなのだ。

「俺は先輩の言葉を信じます。だって信じるしかないじゃないですか」

自らの想いを告げてから、隣に視線を移すと、

「……知らない。別に真相なんてどうでも良い」

憎々しげに呟《つぶや》き、雛美は再び椅子に腰を落とした。

認めたくない。姉と自分が同一人物だなんて考えたくもない。それが本音なのだろう。

けれど、先輩の説明が腑《ふ》に落ちてしまう。心は拒絶しても、頭が理解してしまう。

「一つ確認したいことがある。君がずっと、僕らに隠している真実についてだ」

「別に隠し事なんてしてない」

「五年前の八月八日に、君がこの世界に飛ばされてきたから、あの時震が発生したんだ。時震なんて覚えていないという君の言葉を、ずっと疑っていたが、謝罪させてくれ。今になってみれば分かる。君は本当に覚えていなかったんだな」

「だからそう言ってるじゃん」

「すまなかった。それは謝る。だが、君も謝罪するべきだ。何故なら、一つの重大な真実を黙していたんだからな。雛美。あの日、君は目覚めた時、何処にいた？」

先輩の問いを受け、雛美の横顔が曇る。

もうよく分かっている。これは話したくないことを聞かれた時の顔だ。

「……覚えてない」

「ならば思い出させよう。君が目覚めた場所は、懐中時計を拾った白鷹高校だ」

先輩の言葉に合わせ、昨日、緒美から受け取った懐中時計をテーブルの上に置いた。

一瞬で雛美の表情が強張《こわば》る。

「あの日、君は綜士が落としたこの時計を拾ったんだな。記憶喪失になっていた君にとって、この世界で最初に拾った懐中時計は、何らかの意味を持った。人の心に疎《うと》い僕には想像もつかないがね。君が懐中時計をずっと大切にしていたと、緒美から聞いている」

「……別に。売ったらお小遣いになると思っただけ」

「小学生がそんなことを考えるはずないだろう？　いい加減、その場しのぎの嘘をつくのは、やめたらどうだ？　何処に真実があっても、僕らは君を見捨てたりしない」

面白くなさそうに唇を嚙み締めて、雛美はそれ以上の反論をしなかった。

「話を本筋に戻そう。五年前、八津代町の時計が同心円状に狂っていたことで、僕はあの出来事を時間の揺れ、時震であると推測した。では何故、あの日、時間の揺れが起こったのか。それは、平行世界から雛美が飛ばされたことで、こちらの世界に君が有する時間が突如、発現したからだ。具体的に言えば、あの時点で雛美が生きていた日数、十一年と三百二十日分の時間が流れ込み、飽和した時間が、こちらの世界を揺らすことになった」

「そうか。時震と共に現れたから、本人はそれを覚えていなかった」

「そういうことだ。突然、見知らぬ場所に記憶喪失で放り出されたんだ。その混乱と恐怖は想像に難《かた》くない。しかし、思い出して欲しい。君は気付いた時、何処にいた？」

「……そんなの覚えてない。自分が何処にいるかも分かってなかったんだから」

泣き出しそうな顔で雛美が呟く。

「では、質問を変えよう。意識が戻った時、君は校舎の中にいたのか？　それとも、屋外にいたのか？」

「……外だった。背中側に凄く高い壁があった」

「なるほど。それは十中八九、白鷹高校の南棟だ。だとすれば、君の目にはグラウンドか中庭のどちらかが映ったはず。思い出せないか？」

「あ……。グラウンドだったと思う。目の前にだだっ広い地面が広がっていたから」

「決まりだな。雛美が出現したのは南棟の前、恐らくは時計塔の下辺りだ」

「どうして分かったんですか？」

「タイムリーパーの行動が復元するためのルールを思い出してくれ。発現を確認出来ているのは、時計部の部室と家庭科室の二つだけだ」

「そうか。どちらも時計塔の近く……」

「平行世界とこちらの世界を繋いだその場所に、何らかの特殊なフィールドが形成されたんだろう。綜士がタイムリープするようになったのは、その時、傍《そば》で時間の奔流の過干渉を受けたからだ。そして、それは時震発生の原因となった雛美も例外ではなかった」

「あれ。だけど、おかしくないですか？　だってタイムリープしているのは俺たちだけじゃない。芹愛《せりあ》もそうなんですよね？　でも、あいつはあの場にいなかった」

「君の言う通りだ。雛美は鈴鹿緒美と同一人物であり、平行世界から飛ばされてきた人間である。今、僕が語った仮説は、実に非現実的なものだろう。だが、いや、だからこそ、仮説の真偽は、織原芹愛《おりはらせりあ》にかかっていると思わないか？」

「どういう意味ですか？」

「僕の仮説が正しければ、あの夜、芹愛もまた時計塔の近くにいたということになる。ところが、そんなことは常識的に考えれば有り得ない。小学六年生だった少女が、職員が帰った後の夜の高校にいるなんて、実に馬鹿げた話だ。しかし、もしも、そんな有り得ない出来事が起きていたとしたらどうする？」

芹愛もまた、高校にいたら……？

「そりゃ、もしも本当に芹愛が白鷹高校にいたのなら、先輩の話を信じざるを得ないです。だけど、やっぱり絶対に有り得ないですよ」

「彼女の継母《ままはは》は白鷹高校の教師だったのにか？」

そうだ。すっかり忘れていたけれど、亜樹那《あきな》さんは……。

「消失したという芹愛の継母は、五年前の時点で、ここに勤めていたんだろう？　時震があった年の冬に、織原泰輔《おりはらたいすけ》と結婚したということは、夏の時点で芹愛と知り合いになっていても不思議ではない」

「あ……そう言えば……」

「何か思い出したのか？」

「あの日、校内に忍び込めたのは、職員用玄関の扉が一つ、開錠されていたからです」

それを告げると、先輩がにやりと笑みを浮かべた。

「繋がったな。やはり五年前のあの夜、芹愛も白鷹高校にいたんだ。今すぐ確かめられないことが、もどかしい」

「……あの、じゃあ、亜樹那さんもその場にいたんでしょうか？　芹愛が一人で高校にいたとは考えにくいですよね。だとしたら、少し変です。九月三十日に泰輔さんが亡くなるわけだから、亜樹那さんはその時に『絶望』したはずです。タイムリーパーとしての条件は、亜樹那さんだって満たしている」

「彼女が飛ばなかったのは、『絶望』に勝る『希望』があったからだ」

「希望？」

「彼女は妊娠中だったんだろう？　お腹《なか》の中にいた愛する人との子どもが、精神的な意味で錨《いかり》のような働きをしたのさ」

……そうか。

亜樹那さんは確かに妊娠中という話だった。

絶望に勝る希望が、その胸に灯《とも》っていても不思議ではない。

「僕の仮説は机上の空論だ。ただ、もしも芹愛があの夜、白鷹高校にいたのなら、そんな偶然が本当に起きていたのだとしたら、ガリレオ・ガリレイの主張程度には信じても良い仮説になるだろう」

「結局のところ、あの女の返答次第ってことか」

面白くなさそうに雛美が呟く。

「どうする？　放課後、陸上部に乗り込む？　首根っこ捕まえて白状させても良いんじゃない？　もう二週間以上待ったよ。大体、あいつ、何で自分もタイムリープしているのに、協力的じゃないんだろ」

「君だって僕らに隠し事をしていたじゃないか」

「してないもん。昔のことなんて、よく覚えてなかっただけだし」

どういう育ち方をすると、ここまで清々《すがすが》しく開き直れるのだろう。

「明日、芹愛は父親を亡くす。何度繰り返しても慣れない痛みもあるさ。もう少しだけ待とう。Xデーが近付けば近付くほど、嫌でも冷静に考えざるを得なくなる。その時がきてもなお、自縄自縛《じじょうじばく》な精神で自滅するほど、彼女も馬鹿じゃない」

芹愛はあの夜、本当に白鷹高校にいたんだろうか。

芹愛が俺たちに心をさらけ出す日なんて、果たしてくるんだろうか。

頭の中は強固な疑問符で満ちていたけれど、この時も正しかったのは先輩だった。


九月三十日、芹愛が父を亡くしたその日の夜。

世界は再び動き出す。

4

既視感のあるスポーツニュースを見ながら、リビングで夕食を食べていた午後十一時四十七分。不意に固定電話が鳴った。

母が消えて以降、自宅の電話が鳴ったことはない。

日付も変わろうかという深夜である。突然の出来事に、背筋に怖気《おぞけ》が走った。

恐る恐る、受話器を耳に当てると……。

『もしもし。遅くにごめん。芹愛《せりあ》だけど』

彼女の声を聞いた瞬間に、足の力が抜け、その場に座り込んでしまった。

「……ああ。綜士《そうし》だけど」

『知ってる。杵城《きじょう》家にはもう綜士しかいないじゃない。一階に灯《あか》りがついていたから、まだ起きていると思って』

「夕飯を食ってたんだ」

『遅い晩御飯だね。ちゃんと栄養のあるものを食べてる？』

「カップラーメン」

『身体、壊すよ。そんな食生活だと』


俺は夢でも見ているのだろうか？

ガラス窓に映る自分に問いかける。

芹愛と当たり前みたいな会話をしていることが信じられなかった。


『今日、お父さんが死んだの』

「知ってる。知ってた」

『……そうだよね。綜士も繰り返してるんだもんね』


芹愛と話しているこの時間が夢じゃなくて嬉《うれ》しい。本当に、心の底からそう思う。

しかし、俺たちを襲った悲劇が全部、夢だったとしたら、芹愛にとってはその方が幸せなのだろう。

分かってる。よく分かっている。これは夢なんかじゃない。

一騎《かずき》が消えたことも、母が消えたことも、全部、全部……。


『もう、こんなの嫌だよ』

受話器から聞こえてくる芹愛の声が震えていた。

『タイムリープを繰り返せば、もう一度、お父さんと会える。でも、お父さんはまた死んでしまう。何度も、何度も、苦しんで、苦しんで、苦しみ抜いて、また死んでしまう。私が世界を繰り返すせいで、お父さんは……』

「……お前のせいじゃないよ。そんなのは仕方ないことだ」

『あの先輩に言われた言葉が、頭から離れないの。私も加害者なんだって、ベストを尽くしていないって、また同じ過ちを繰り返すのかって』

今、電話の向こうで芹愛は泣いているのかもしれない。そんな気がした。

『何も知らないくせに、何にも理解していないくせにって思ってた。でも、考えれば考えるほどに分からなくなる。あの人が言ったように、私は失敗し続けている。一度だって上手くやれていない。だったら、やっぱり間違っているのは私なんじゃないかって。あの人の言葉が正しいいんじゃないかって』

鼻をするような音が聞こえた。

『ねえ、綜士。もう手遅れかな？　今更、助けて欲しいなんて、虫が良過ぎるかな？』

間違いない。

今、芹愛は泣いているのだ。

「そんなことあるわけないだろ。虫が良過ぎるなんて誰も思わない。千歳《ちとせ》先輩はそんな人じゃないし、そもそも俺には、お前を責める資格なんてない」

電話の向こうで、芹愛が小さく笑ったのが分かった。

『私を泥棒にしたから？』

直球で質問されるとは思わなかったけれど。

無言のまま軽蔑されるより、言葉で弾劾してもらった方が、ずっと心が楽だった。

「ああ。それを言われたら返す言葉もない」

『……別に、何も言わないけどね。後になって何かを責めるくらいなら、あの時、言葉にしていた』

芹愛の気持ちが、俺には分からない。

多分、死ぬまで分かる日なんてこない。

だけど、その時、彼女の口から吐かれた、曖昧で、しかし棘《とげ》のない言葉で、杵城綜士《きじょうそうし》の中心をなす魂みたいな何かが、救済されたような気がした。大袈裟《おおげさ》かもしれないが、本当にそんな気がしたのだ。

『明後日《あさって》、お父さんの葬儀が行われるの。だから、それが終わってから、土曜日の午後に時計部に助けを求めに行っても良いかな』

「分かった。待ってる。先輩と雛美《ひなみ》にも伝えておくよ」

『……ごめんね。ずっと、ごめん』

何故、謝られたのか分からなかった。

『じゃあ、また、三日後に』

そう言って、芹愛は俺の返事も聞かずに通話を切った。

タイムリープにまつわる災厄は、まだ、何一つとして解決などしていない。それを思えば、まったく馬鹿みたいだったけれど。

芹愛との『次』がある。

ただ、それだけのことで、幸福な感情に満たされていく。

何度、残酷な時を繰り返しても変わらない。

芹愛だけが、ただ一人、俺にとって特別な人だった。

# 5

十月三日、土曜日、午後二時。

約束通り時計部の部室に現れた芹愛《せりあ》は、三週間前の態度が嘘のように、何もかもを素直に話してくれた。

千歳《ちとせ》先輩は校内の名簿を調べ、消失の痕跡から、芹愛がタイムリープした回数を、最低でも五回、場合によっては八回と推理していたが、実際の回数は九回だった。三年生の陸上部員にも一人、消失した人物がいたのだ。

芹愛の口から語られる情報の中には、耳を疑うような衝撃的なものもあった。

安奈《あんな》さんの死がきっかけで、芹愛は『絶望』に至る。それは予測出来ていたものの、その死には必ず俺が絡むらしい。世界は十月十日を境に、杵城綜士《きじょうそうし》と織原安奈《おりはらあんな》、二人が同時に生きることを許さない。それが、芹愛の辿り着いた結論だった。

何よりも重要な情報だったのは、五年前の八月八日、八津代祭の夜の芹愛の記憶だった。その日の夜、芹愛は確かに白鷹高校にいたのである。時震が起きたあの瞬間に震源地にいたからこそ、俺たち三人はタイムリープを経験するようになったのだ。

この世界が繰り返した歴史は以下の通りだ。

織原安奈が死ぬことで、芹愛に最初のタイムリープが発生する。

その後、八回のタイムリープを要したとはいえ、九周目の世界で、芹愛は姉の死を食い止めることに成功し、絶望を回避する。

しかし、その九周目の世界で、今度は古賀将成《こがしょうせい》が時計塔から落下し、雛美《ひなみ》の身にタイムリープが発生するようになってしまう。

雛美が絶望の回避に成功したのは、三回のタイムリープを経験した後、つまり十二周目の世界である。だが、古賀将成が死を回避した世界では、芹愛が自殺を図るようになり、次は俺の身にタイムリープが発生する。

古賀将成の死と、芹愛の死に、因果関係があるのかは分からない。

芹愛が自殺に至った理由についても、彼女の中に記憶が残っていないため、推測に頼る以外にはない。とはいえ、姉を救えないと悟った芹愛が、大切な人の消失を防ぐために自殺を決意したと考えて、概《おおむ》ね問題なさそうだった。

二回のタイムリープを俺が経験した後、十四周目の世界で、俺たちは自殺を防ぐために、芹愛を時計部の部室に閉じ込めたらしい。ところが、その結果、すべてが振り出しに戻ってしまった。部室に監禁されたせいで姉を救えず、帰宅後、安奈さんの死を知った芹愛の身に九回目のタイムリープが起こる。

そして、現在、最後にタイムリープを経験したのは雛美だ。

一つ前の周回、十五周目の世界では、再び古賀将成が時計塔から落下したらしい。


「……つまり、今は十六周目の世界ってことか」

「既に十五人もの人間が消失しているということだな」

落胆の色を隠せない声で、千歳先輩が呟く。

「状況は大幅にクリアになったが、懸念していた通り、すべての疑問に答えが出たわけではなかったか。それぞれを絶望に至らしめる要因は、ある程度、相関関係にあるはずだ。しかし、古賀将成というピースだけが枠にはまらない」

千歳先輩は真剣な眼差しで雛美を見つめる。

「彼が時計塔から落下する理由が想像出来ない。雛美、思い当たる節はないのか？」

「……分かんない。て言うか、分かってたら、とっくに話しているでしょ」

本心を探るように、しばしの間、先輩は雛美を見つめ続けたものの、彼女がそれ以上、この話題について口を開くことはなかった。

諦めたように溜息《ためいき》をついた後で、先輩は壁の掛け時計に目をやる。

「分からないことは、まだ幾つかある。とはいえ、ようやく事件の全容は見えてきた。今後の方針を決めるためにも、まずは補強された仮説について説明させてくれ」

先輩の話に、全員が真剣な顔で耳を傾ける。

「五年前の八月八日、平行世界から雛美が飛ばされ、『時震』が発生したあの時、本来存在しないはずの時間が、この世界に誕生した。便宜的に『余剰《よじょう》の時間』と呼ばせてもらうが、そいつは行き場所を求め、その場にいた君たちの中に留まった。それが君たちにだけタイムリープが発生する理由だ。宿主が『絶望』に至り、感情が飽和すると、余剰の時間は暴走状態に陥る。その結果、時震が発生して、宿主は過去に飛んでしまうんだ」

頭を必死に回転させて、先輩の話についていく。

「しかし、タイムリープだけでは問題が解決しない。何故なら、宿主と共に余剰の時間も過去に移動しているからだ。そこで悲劇が起きてしまう。飽和した時間を抱え切れなくなった世界が、別の人間を押し出すことでバランスを取ろうとするんだ。タイムリープが発生する度に誰かを消すことで、世界は余剰の時間を相殺《そうさい》していたのさ」

だから、俺たちが過去に戻る度に、誰かが消えてしまうのか……。

「大切な人間から消えてしまうのは、感情が現象の根幹に関わっているからだ。絶望がトリガーになっているせいで、想いの矛先になりやすい人物から消失してしまうのだと推測して、まず間違いないだろう」

消えてしまった友人を思い出したのか、芹愛の顔が曇る。

「この仮説が正しければ、タイムリープの発生回数には限度があるということになる。雛美の誕生日は緒美《つぐみ》と同日、十七年前の九月二十二日であり、こちらの世界に飛ばされたのは五年前の八月八日だ。世界に生まれた余剰の時間は、閏年《うるうどし》も考慮して計算しなければならないから、四千三百三十八日になる」

今、頭の中で計算しているのだろうか。それとも、事前に計算した数字を覚えていたのだろうか。

千歳先輩はメモも見ずに、淀みなく数字を並べていく。

「君たちの記憶が正しければ、芹愛がタイムリープによって戻る時間は、三百六十二日と八時間、雛美は百八十八日、綜士は三十日と九時間だ。芹愛が九回、雛美が四回、綜士が二回、三人がタイムリープで跳躍した時間は、数時間の誤差はあるだろうが、合計四千七十四日となる。既にそれだけの時間、余剰の時間が相殺されているんだ」

「だから私はもうタイムリープしないということですか?」

芹愛の問いに対し、先輩が頷《うなず》く。

「残っている『余剰の時間』は二百六十四日。分かりやすく言えば、八ヵ月と三週間だ。一年前に戻る君は当然、跳躍出来ない」

「……先輩は私の跳躍期間を、今日、初めて知ったはずですよね? どうして以前からその可能性を考えていたんでしょうか」

「君は雛美よりも前にタイムリープを経験している可能性が高かった。綜士と雛美の跳躍期間には大幅な差異があったからな。最初のタイムリーパーが君なら、一年を超える単位で跳躍していても不思議ではないと思っていた」

まったくこの人の頭の中はどうなっているのだろう。緒美から話を聞き、雛美の正体に推察をつけた時点で、先輩はそこまで推理を進めていたのだ。

「じゃあ、今後、タイムリープするかもしれないのは、私と綜士だけってことか」

「いや、事実上、綜士のタイムリープは終わったと考えて良いだろう」

「どうしてですか？　俺は一ヵ月しか過去に戻らないんですよ」

「発生条件が満たされるとは思えないからだ。芹愛が過去の周回で命を絶ったのは、タイムリープに巻き込んで、誰かを消すことを恐れたからだ。しかし、二度とタイムリープに至らないわけだから、自《みず》らの命《か》を絶つ意味もない」

「……じゃあ、タイムリープする可能性があるのは私だけってことか。芹愛のお姉ちゃんを守れるかどうかに関係なく、古賀さんさえ助かれば、この悪夢のループは終わるってことだよね」

「理論上はそうなる」

先輩の仮説が正しく、五年前に震源地にいたことがタイムリーパーになるための条件なのだとしたら、亜樹那《あきな》さんが消失した今、四人目が現れることは絶対にないだろう。

だが、現時点では状況が整理されただけであり、真に重要な問題は、まだ解決されていない。直近のタイムリーパーは雛美だ。一つ前の周回で、俺たちは古賀さんを守れずに死なせている。当日、ライブチケットを渡して、白鷹高校から彼を遠ざけただけでは死の運命を変えられないのだ。しかも、古賀さんにまつわる雛美の話には、嘘が交じっている可能性が高い。先輩は火宮《ひのみや》なる名前の友人に依頼し、雛美に内緒で、当日の古賀将成の動向を見張るつもりでいるが、本当にそれで彼の死を回避出来るのだろうか。

「本当に、もう自殺しない？」

射貫くような雛美の視線が芹愛に刺さる。

「しないわ。私は大切な人たちを何人も世界から消してしまっている。これ以上、自分のせいで誰かが消えてしまうなんて耐えられなかった。だから、私が死ぬことで、この悪夢の連鎖が終わるなら、そうすべきだと思っていた。でも、もう二度とタイムリープが発生しないのなら、自殺なんてする意味がない。死にたいなんて思わない」

芹愛の言葉を聞き、千歳先輩は満足そうに頷く。

「これで目的が明確になったな。古賀将成と織原安奈を今度こそ同時に救おう。もうやり直しはない。これが最後だ」

「でも、お姉ちゃんの死には必ず綜士が絡みます。絶対にどちらかは……」

「三週間前、僕は君にベストを尽くしていないと言っただろ。あの時の真意を話そう。芹愛、十月十日の夜に、君は家から姉を連れ出したことがあるか？」

「そんなこと、ありませんけど……」

先輩は羽根ペンで、壁の四十七の掛け時計を示す。

「五年前の時震は、八津代町全域を襲っている。言い方を変えれば、八津代町の外は時震の影響を受けていないということだ。織原安奈と杵城綜士は何らかの因果で繋がれているかもしれない。しかし、それはこの町の中だけで完結するものなのかもしれない。やれることを全部やってみよう。それがベストを尽くすということだ。まずは当日、彼女を八津代町から引き離す」

「この町から、お姉ちゃんを……」

「東日本陸上選手権に出場して、君の雄姿を見せるんだ。僕らも織原安奈と共に応援に行く。夜はホテルを借りて、その時を一緒に迎えよう。僕の身にはタイムリープが発生していない。この中で唯一、あらゆる事象の外にいる人間だ。完全なる部外者がいることもまた、何らかの意味を持つかもしれない。芹愛、信じてくれ」

千歳先輩の意志ある瞳が、芹愛を捉える。

「僕は全力で君たちを守る。今度こそ、君を絶望から救ってみせる！」

強い口調で先輩が言い切り、芹愛の双眸《そうぼう》から透明な雫《しずく》が伝った。

いつだって、先輩は正しくて、真《ま》っ直《す》ぐに温かい。

その優しさは、一番鋭い角度で、弱った心に突き刺さる。


「……もっと早く、私も先輩に会いたかったです」

零《こぼ》れ落ちたそれは、芹愛の本当の気持ちだった。

馬鹿な俺でも、そのくらいのことは分かる。

随分と遠回りしたけれど。

あまりにも多くのものを失ってしまったけれど。

ようやく俺たちは本当の仲間になれたのだ。


その時、千歳先輩が血相を変えて立ち上がった。

「……復元した。やったぞ。ついに復元したんだ！」

木製机の上を見つめながら先輩が叫ぶ。

「タイムリーパーが過去に取った行動は、復元する可能性がある。それを聞いて以来、ずっと観察していたんだ！」

木製机の上には、海外製のチョコレートが山積みになっている。その山から、先輩は左右の手で別々のチョコレートを取った。左手のチョコレートを掲げ……。

「雛美の性格を見越して、一つ、罠《わな》を仕掛けていた。安価なこのチョコレートこそが、最も希少品であると偽っていたんだ。雛美の辞書に遠慮の二文字はない。恐らく過去の周回では、最も高価なチョコレートにばかり手を伸ばしていたはずだ。しかし、案の定、今回は僕の言葉に踊らされ、毎日、安価なチョコレートばかりを無断で食べていた」

「酷《ひど》い。信じていたのに」

「だが、見てくれ」

今度は右手のチョコレートを掲げ、木製机の上の山を崩す。

「今日まで雛美も僕もほとんど口をつけていないにもかかわらず、こちらのチョコレートが大幅に減っている。昨日の部室の様子も写真に収めているから間違いない。雛美の過去の行動が復元したんだ。この罪深き女は、苦労して取り寄せた希少なチョコレートを、遠慮なく食い散らかしていた」

「酷い。信じていたのに」

棒読みで、雛美は同じ台詞《せりふ》を繰り返す。茶番劇だった。

「許し難い大罪だが、重要な情報を得ることが出来た。話を先に進めよう。今回分かったことは、タイムリープに至った者が、時計塔の付近で取った行動は、約一週間前のものから復元するということだ」

先輩は机の引き出しを開け、三冊の大学ノートを取り出す。

「もうタイムリープは発生しない。誰も同じ時を繰り返すことはない。僕はそう信じている。しかし、どんな小さなことでも、やれることはすべてやっておかなければならない。それがベストを尽くすということだ。芹愛、君の席も用意している」

昨日、千歳先輩は空き教室から、一組の机と椅子を部室に運び込んでいた。

「これから君たちには、辿り着いたすべての知識を、それぞれ書きとってもらう。僕の仮説が正しければ、芹愛が跳躍することはもうない。だが、検証の果たされない仮説は仮説のままだ。万が一に備えておこう。全員がここでノートに記憶を書き記しておけば、誰がタイムリープをしても、正確な今日の記憶を、以降の周回に持ち越せる」

「それがしたくて、毎日、部室の写真を撮っていたんですね」

「ああ。これで、タイムリープのショックで記憶喪失になっても問題ないということだ」

冗談めかして先輩はそう言った。


それから、俺たち三人はそれぞれが席につき、今日、ここですり合わせたすべての情報を大学ノートに書き記していった。

千歳先輩のように賢くないことは自覚している。何もかもを正確に覚えておくなんて不可能だろう。書き残すべきことは山ほどあった。

大学ノートに向かい始めてから、既に二時間は余裕で経過している。

気付けば木製机に向かい、千歳先輩も何かを書いていた。

先輩はタイムリーパーではない。真剣な顔で羽根ペンを走らせているが、一体、何を書いているのだろう。


最初にノートを閉じたのは雛美だった。

「ああー。疲れたー。やっと終わった。もう無理」

本当に必要な情報を、すべて書いたのだろうか。

「私、お腹が減ったから先に帰るわ。今日は特盛りだな」

そういえば、以前の周回では、雛美に牛丼を奢《おご》らされそうになったことがある。母親が消えて以来、そんな食事ばかりしているのかもしれない。

呑気《のんき》なことを言いながら、雛美は誰よりも早く帰って行った。


雛美に遅れること三十分。芹愛がペンを置く。

「私も書き終わったので先に帰ります。また、明日も来て良いですか?」

「ああ。もちろんだ。君にも聞きたいことが、まだ沢山あるだろう?」

曖昧な表情で芹愛が頷くと、千歳先輩は笑顔を見せる。

「遠慮しなくて良い。僕も同じだ。君に聞きたいことは数え切れないくらいにある。もちろん、君の姉を救うためにだ」

「はい」

「明日はホテルの予約をしよう。今日の内に姉を大会の観戦に誘ってくれ。実の父親を亡くした直後だ。出掛けようなんて気持ちにはなれないかもしれないが、君のジャンプには観戦に値するだけの価値がある。遠目に見かけただけだがね。僕はそう思うよ」

「ありがとうございます。聞いてみます」


本当は、芹愛と一緒に帰りたかった。

今日ならば、それが許されるのではないかという気もしていた。

しかし、残念ながら俺はまだノートへの記述を終えていない。それを後回しにするということは、次の周回での復元を先送りにするということである。今日はこれを書き終えるまで帰るわけにはいかなかった。

「終わるまで待っていて欲しい」

たったそれだけの言葉を、芹愛に告げる勇気が俺にはない。

芹愛が自発的に残ってくれるということもなかった。

# 6

結局、俺がノートを閉じたのは、午後八時を回った後のことだった。

この週末から白稜祭《はくりょうさい》に向けての準備が本格的に始まる。校内には俺たちのほかにも残っている生徒が、まだ多くいるようだった。

「お待たせしました。ようやく終わりました」

両手を上げ、大きく伸びをする。

「どうやら君が一番丁寧に記憶を書きとってくれたようだな」

「自分の記憶力に確信が持てないんです。もしも次があれば、四回目の一ヵ月ですしね。記憶も混同しそうです。だから出来るだけ細かく書いておこうと思って」

「良い心がけだ。もちろん、君の努力が無駄になるのがベストなわけだが」

千歳《ちとせ》先輩は手にしていた文庫本に栞《しおり》を挟み、木製机の上に置く。

「そう言えば、さっき何を書いていたんですか？」

先輩は苦笑いを浮かべた後で、適切な言葉を探すように宙を見つめる。

「恋というのは、時に残酷なものだな」

「え？　ごめんなさい。意味がまったく分かりません」

「すまない。僕は少し感傷的になっているようだ」

「どういうことですか？」

「今日、僕らはようやく本当の仲間になれた。しかし、君も、芹愛《せりあ》も、雛美《ひなみ》も、全員がすべてを正直に話したわけではない」

「……俺は話したと思いますけど」

「いや、君だって芹愛への想いを打ち明けてはいないだろう？　恐らく、彼女は今、こんな風に考えているはずだ。五年前の事件を後悔しているせいで、自分が死ぬと綜士《そうし》はタイムリープしてしまう」

先輩の推測は多分、正しい。

俺は自分の想いが正確に伝わるような言葉を選んではいないからだ。ただ……。

「それは、伝えても意味がないと思ったから」

「君がそう思うのなら、そうなんだろう。別に責めはしないさ。芹愛も同じだからな。彼女もまた、僕たちに伝えなければならない重大な事実を隠している」

芹愛にも秘密にしたことがある？

「その表情ということは、君は気付いていなかったんだな。だとすれば、彼女が選んだ言葉が正解だったんだろう。君が知るには重た過ぎる真実でもある」

先輩は何を言っているのだろうか……。

「雛美も同様だ。彼女は今日も嘘をついた。ここに至っても嘘をつくということは、つまり、何があっても話すつもりはないということだ。この半年間、毎日のように一緒にいたんだ。雛美の性格は理解している。どれだけ論理的に指摘したところで彼女が認めることはない。だから、あえて指摘はしなかった。雛美の口から聞かずとも、状況を整理すれば真実は明らかだからな。僕がそれを把握していれば、どうとでもなる」

「……すみません。さっきから先輩が何を言っているのか、さっぱり分かりません」

「曖昧なことを話しているという自覚はある。それだけ僕も臆病になっているのだと理解してくれ。人の心がこんなにも脆《もろ》いものだとは知らなかったよ」

木製机の中から便箋を取り出し、先輩はそれを差し出してきた。

手に取ると、まだ封がされていなかった。

「大切なことは口で伝えたい。手紙で伝えるつもりはない。そんな軽い気持ちで書いてみたんだがね。存外、文章に起こすという行為は、自身にも秘されていた内奥《ないおう》を明らかにするものらしい。彼女をこんなにも大切に想っていたとは、自分でも気付かなかった」

「それって、先輩が誰か女の人を好きになったって話ですか？」

「ああ。彼女への想いを綴《つづ》ってみたんだ」

先輩は軽い口調で話しているけれど、実は物凄く重たい手紙だったようだ。

草薙千歳《くさなぎちとせ》のラブレター……。

想像も出来なかった物体を前に、何を思えば良いかも分からない。

「あの、これって誰に宛《あ》てた手紙なんですか？」

「出すつもりはない。勝算のない戦いに意味などないからな」

「そんなの分からないじゃないですか。他人の気持ちなんて……」


「雛美だ」


告げられた言葉を、脳が理解するのにしばらくかかった。

千歳先輩が書いたラブレターの宛先が雛美？

それはつまり、先輩が雛美を好きになったということなのだろうか？

以前、緒美《つぐみ》に会うための口実にしたことがあったけれど、あれは演技なのだと思っていた。俺に会うまでの五ヵ月間、二人は毎日のように一緒にいたわけだが、それにしたって先輩が雛美を好きになるなんて……。

そんな素振り今まで一度だって……。

「手慰みに書いてはみたものの渡すつもりはない。綜士が捨ててくれ」

「そんなこと出来るわけないじゃないですか。せっかく書いたんだから、取っておくべきですよ。いつか渡そうって思う日がくるかもしれないし」

千歳先輩は微笑を浮かべたまま俺のことを見つめている。

「叶《かな》わないと明らかになっているのにか？　それは、自己満足だとは思わないのか？」

「……思わないですよ。相手の気持ちを自分で決めるなんて馬鹿みたいだ」

「君の口からそんな言葉が出てくるとはね。芹愛の気持ちを勝手に決めていたのは、君の方だと思うが」

それを言われたら、返す言葉もないけれど。

「とにかく、せっかく書いたんだから、捨てるのはやめましょうよ。十月十日を乗り切ったら、考えが変わるかもしれないじゃないですか」

「それは……まあ、一理あるかもしれないな。己の怯懦《きょうだ》を恥じるよ」

再び木製机の引き出しを開け、先輩は奇妙な物を取り出した。

「何ですか、それ」

「封蠟《ふうろう》さ。シーリングワックスともいうがね。蠟で手紙を封印することで、手つかずであることを証明する物だ」

「ああ……。洋画とかで見たことあります」

「何事も経験だ。使ってみるか？」

緋色《ひいろ》の芯の先端に火をつけ、溶けて便箋に落ちた蠟が固まる前に、シーリングスタンプを押す。

いとも簡単に便箋は蠟によって閉じられた。これで、もう中身を読むことは出来ない。

先に立ち上がっていた千歳先輩が、カルメンクロック前面のガラス窓を開けていた。その奥に、小物でも入れられそうな空間が出来ている。

「引き出しの中に仕舞って、雛美に見つかったらことだからな」

「あいつなら勝手に封を破っても不思議じゃないですしね。そこに隠しますか？」

「ああ。少なくともここなら彼女に見つかることはないだろう」

封をした手紙を俺が仕舞うと、先輩がガラス窓を閉じる。

「こんな行為を僕が実行に移す日がくるとはな。不覚だ」

「俺はちょっと嬉しかったですけどね。先輩が人を好きになったって聞いて」

「綜士。それは極めて残酷な言葉だぞ」

「どうしてですか？」

俺から視線を外し、先輩は一つ大きく溜息をついた。

「まだ、分からないのか？」

「……何がですか？」

「芹愛が話すまで僕からは告げないつもりだったんだがな。どうしても知りたいか？」

一体、何のことだろう。

「それって、さっき言ってた芹愛の隠し事って奴ですか？　だったら知りたいです。気持ちの悪いことを言いますけど、あいつのことなら何でも知りたいから」

「芹愛は君の命を奪うことを考えていたんだよ」

告げられた言葉を理解したその時、頭の中が真っ白になった。

「織原安奈《おりはらあんな》と杵城綜士《きじょうそうし》、世界はどちらか一人の存在しか許さない。それを悟った後で選べる選択肢は多くない。断言しても良いが、芹愛は九周目、十周目、十一周目、そして、十五周目の世界で、夜行祭の最中に君を時計塔に呼び出したはずだ」

「……先輩、何を言っているんですか？」

「まだ気付かないのか？　それとも、気付いてはいるが認めたくないのか？　織原安奈が救われた周回では、雛美がタイムリープに至るから、芹愛に記憶が残らない。それを言い訳に彼女は言葉を濁したが、本当は自らが取っただろう行動を確信しているはずだ。芹愛はそれぞれの周回で、呼び出した君を時計塔から突き落とそうと考えていたんだよ」

時計塔から俺を？

でも、それでは事実と異なる。だって、時計塔から落ちたのは……。

「もっとも、断言しても良いが、芹愛は君を突き落とせなかったはずだ。彼女が目的のために非情になれる人間だったなら、とっくの昔に君を始末しているはずだからな。今日まで君が生きているということは、つまりそういうことだ。時計塔に呼び出された君が芹愛の想いを悟り、自ら落下した。真相はそんなところだろう」

「ちょっと待って下さい。時計塔から落下するのは古賀《こが》さんじゃ……」

「それが、雛美のつき続けた嘘だ。古賀将成《こがしょうせい》なんて男は、最初から最後まで、この事件には一切関係がないのさ」

「いや、だって、そんなの……」

「時系列を整理すれば、これが真相だと理解せざるを得なくなる。君は疑問に思わなかったのか？　織原安奈が死ぬのは午後十時過ぎなのに、雛美の想い人が死ぬのは夜行祭の最中《さなか》、午後十時前だ。もしも本当に古賀将成が死ぬのだとしたら辻褄が合わない。その場合、最初のタイムリーパーは雛美になるからな。雛美が絶望を回避したから、芹愛がタイムリープするようになった。そういう順番でなくてはおかしい」

言われてみれば確かに……。

「しかし、雛美をタイムリープに至らしめる人物が綜士だとすれば、すべてに説明がつく。芹愛は安奈を救うために、綜士を消さなければならないと悟った。だから、安奈が死ぬ午後十時よりも前に君を時計塔に呼び出し、突き落とそうとした。彼女の目論見《もくろみ》が成功したのかは分からない。ただ、君が時計塔から落下したのは間違いないだろう」

「そんな……。じゃあ、雛美の好きな男っていうのは……」

多分、これが『戦慄《せんりつ》する』ということなのだろう。

まるで他人事《ひとごと》のように、そんなことを思っていた。

「恋というのは時に残酷だと、さっき言っただろう？　僕の想いは叶うはずがない。何故なら、彼女が世界で一番大切に想っている男は別にいるからだ」

「有り得ないですよ。だって、俺たちは知り合いですらなかったのに……」

「彼女は君の懐中時計を持っていた。緒美は言っていたぞ。昔から、ずっと、それを大切にしていたと」

そうだ。

あいつは俺が五年前に失くした懐中時計を……。

「雛美が最近、眼鏡をやめたのは何故だ？　美容室を変えたことには、どんな理由があったと思う？　綜士、僕は彼女の気持ちを思うと胸が張り裂けそうだよ」

憂いを帯びた眼差しで、千歳先輩が俺を見つめる。

「最初から、雛美は杵城綜士が好きだったんだ」

# 第十四話

# 私だけに聞こえる声で

# 1

陽光の下で、彼女は重力から切り離される。

恐怖も、哀《かな》しみも、覚悟も抱えて。

神無月《かんなづき》の空に、華奢《きゃしゃ》な白皙《はくせき》が舞った。


「理屈が分からない……。何故《なぜ》、自分の身長よりも高く跳べるんだ」

百七十センチを超える高さのバーをクリアし、芹愛《せりあ》の身体がマットに沈むと、茫然《ぼうぜん》とした眼差《まなざ》しで千歳《ちとせ》先輩が呟《つぶや》いた。

「先輩は背面跳びをやったら、首の骨を折って死にそうだよね」

いつもの無遠慮な物言いで雛美《ひなみ》が笑う。

「君だって運動神経は悪いだろう？」

「はあ？　本気を出したら芹愛と良い勝負だよ。球技なら負けないね」

「とてもそんな風には見えないがね」

千歳先輩と雛美の子どもみたいな言い争いを聞いて、安奈《あんな》さんが笑う。

「じゃあ、今度うちに遊びにおいでよ。芹愛も喜ぶと思うな。近くに体育館もあるから、一緒に行ってみたら？」

「あー。うー。すみません。嘘《うそ》です。運動は苦手です」

これ以上、話が進展してはまずいと思ったのだろう。

安奈さんが会話に入ってきたことで、雛美は大人しく嘘を認めていた。

十月十日、土曜日。

白稜祭《はくりょうさい》の初日でもあるその日、俺たちは再び、東日本陸上選手権の会場を訪れていた。

この会場に初めて出向いたのは、当時、五周目の世界だと認識していた、十三周目の世界でのことだ。あの時は芹愛が不在だったけれど、今回は違う。

本日、女子走高跳《はしりたかとび》にエントリーされている選手は、芹愛を含む十九名。本当はもう一人、白鷹《しろたか》高校の後輩がエントリーされていたらしいが、その人物、河口美月《かわぐちみづき》は芹愛の四回目のタイムリープに巻き込まれて世界から消失している。

隣人の杵城綜士《きじょうそうし》と共に、四人で選手権を見に来て欲しい。

芹愛がそれを頼むと、安奈さんはあっさりと頷《うなず》いてくれたらしい。父を亡くしたばかりで心細い妹が、姉や友達を大舞台の応援に誘ってきた。そんな風に考えたのだろう。

俺は子どもの頃から安奈さんを知っているけれど、彼女は善意に満ちている人だ。

初対面の千歳先輩や雛美と共に出掛けることにも、さしたる戸惑いを見せず、今日も会うなりすぐに雛美と打ち解けていた。


芹愛のジャンプを見ながら、雛美は安奈さんと無邪気にはしゃいでいる。

結局、今日まで雛美は俺たちに真実を話さなかった。自分がタイムリープをするのは古《こ》賀《が》将成《しょうせい》が死ぬせいだと主張し続け、俺たちが真実に気付いたことも悟っていない。

三日前、俺と千歳先輩は、芹愛の口から直接『綜士を時計塔から突き落とそうと考えていた』と聞いた。

他人に心を開かない芹愛は、一見すれば冷たい人間だ。けれど、自分を泥棒に仕立てあげようとした愚か者を庇《かば》ってみせる程度には、情に厚い人間でもある。

雛美がタイムリープすることで、芹愛の記憶には残っていない九周目以降の世界。俺が時計塔から落下を繰り返した周回で、芹愛は本当に俺を突き落としたんだろうか。

頭が割れるほどに考えたけれど、やっぱり、とてもそうは思えなかった。

タイムリープをする前の俺では、芹愛の身に起きている出来事を聞いても、きっとほとんど理解出来なかったことだろう。

だが、俺が死ぬことでしか芹愛が救われないのであれば、それを悟ったとしたら、きっと、躊躇《ためら》いもなく……。

俺が死んだ周回で、時計塔で何が起きていたのか。それは、もう誰にも知る術がない。

今更、知ったところでどうなる問題でもない。

重要なのは、その日、時計塔から落下して俺が死んだことで、安奈さんは生存し、その後、雛美がタイムリープに至ったという事実だ。

状況を整理すれば、嫌でも理解せざるを得ない。

鈴鹿雛美《すずかひなみ》のタイムリープは、杵城綜士の死によってもたらされるのだ。

それを理解した後で、それでも、俺たちは雛美に何も言わなかった。

何も、言えなかった。

雛美は俺を救うために、様々な嘘をついた。

夏休み前の終業式、校長先生が倒れてやって来ないことを知っていた彼女は、勝手に壇上に登り、白稜祭を中止にしようとした。そんな嘘をついたって、学園祭が取りやめになるわけがない。だけど、雛美は馬鹿だから、単純だから、夜行祭で発生する俺の死を止めるために、白稜祭そのものを中止にしようとした。

古賀将成のことだってそうだ。次々とボロを出してしまい、その度に先輩に弾劾《だんがい》されていたのに、信じてもらえないと思い知った後でも、意地だけで嘘をつき続けた。

雛美は今日までつぎはぎだらけの嘘を沢山ついてきた。

そうやって、多分、自分の心まで傷つけながら、俺のことを守ろうとした。


どうして、嘘をつかなければならなかったんだろう。

どうして、そんなにも本当のことを隠したがるんだろう。

雛美の気持ちは、やっぱり今も分からない。

遠慮を知らない小うるさい女で、聞いてもいないことまでペラペラ喋《しゃべ》るくせに、いつだって彼女は、本当の気持ちだけ隠してしまう。だが、

「もう雛美の気持ちを暴《あば》く意味もない。僕らが綜士を守れば良いだけだからな」

先輩が告げた通りだろう。俺たちが向かうべき場所は同じだ。

織原芹愛《おりはらせりあ》を、織原安奈を、杵城綜士を、全員救う。

もう二度と、誰も死なせない。考えるべきことはそれだけだ。


その日、芹愛は東日本陸上選手権という大舞台で、表彰台の一番高い場所に上がった。

大会に参加した三周目までの世界では、彼女はいつも二位の成績だったらしい。クリア出来たバーの高さも変わらなかったという。けれど、今回は違う。

「未来は変わる。変えられる。そういうことだ」

表彰台でぎこちない笑顔を作る芹愛を見つめながら、千歳先輩がそう呟いた。

## 2

午後六時半。

宿泊先にチェックインを済ませてから、五人でファミリーレストランに入る。

席についた後でも、この現状への戸惑いを抑え切れなかった。

向かいの座席に、当たり前のような顔で芹愛《せりあ》が座っている。こんな風に向き合って食事をする日がくるなんて、少し前までなら想像も出来なかったことだ。

越えなければならないその時は、数時間後に迫っている。気を緩めることなど出来ないはずなのに、心は高揚する。多幸感に満たされてしまう。

「芹愛。優勝おめでとう。今日くらい好きな物を食べたら?」

姉妹で一つのメニュー表を見つめながら、安奈《あんな》さんが嬉《うれ》しそうな顔で勧めた。

「……うん。思い切って甘い物を頼んじゃおうと思う」

大会が終わったとはいえ、待ち受ける運命を思えば気を抜けるはずもない。相変わらず芹愛の顔には緊張感が漂っていたものの、食欲は別問題らしく、真剣な顔でメニュー表をめくっていた。

「じゃあ、ご飯の代わりに、キャラメルハニーパンケーキ。メインディッシュは、ストロベリーパフェにしてみる」

「いや、どっちもスイーツじゃん。ご飯じゃないじゃん」

間髪《かんはつ》容《い》れずに雛美《ひなみ》が突っ込む。

「あんた、アスリートみたいなもんなんだから、ちゃんとサラダとか食べなよ。サッカー選手が言ってたよ。最初に野菜を食べることで、血糖値を上げるとか下げるとか」

「じゃあ、宇治抹茶のパルフェも頼む」

「だから、それもスイーツじゃん。て言うか、パルフェって何？　誤字？」

芹愛の顔に怪訝《けげん》の眼差しが浮かぶ。

「抹茶だって茶畑で摘まれるんだから野菜でしょ。何を言ってるの？」

「それ、こっちの台詞《せりふ》だから。あんた、もしかして馬鹿なの？　スポーツ推薦ってことは、学力試験を受けてないんだもんね。さては赤点常習犯でしょ」

「赤点なんて一度も取ったことない。あなたと一緒にしないで」

「はあ？　私だって赤点なんて今年は四回しか取ってないし」

……こいつらはさっきから何を言い争っているのだろう。

繰り広げられている会話は随分と滅茶苦茶《めちゃくちゃ》だったが、芹愛が同級生と普通に会話をしているという事実だけで、気を抜くと泣きそうになってしまう。

「二人は仲が良いんだねー」

呑気《のんき》なことを言いながら安奈さんも笑っている。

「いつも甘い物を我慢していたんだもの。特別な日くらい食べたい物を頼みなよ」

安奈さんの同意を得て、芹愛は真剣な顔で頷く。

主食を頼まずに、本気でスイーツだけ三品も注文するんだろうか。

「至言だな。僕も君に倣おう。ベルギーチョコプリンのパフェと、ガトーショコラブラウニー。今日は好きな物だけで、お腹を満たしてやる」

「いや、先輩はちゃんと食べなって。朝も昼もチョコレートしか食べてなかったじゃん。本当、絶対、早死にするからね」

「情緒を解さない浅学《せんがく》な女だな」

千歳《ちとせ》先輩が雛美を睨《にら》みつける。

「君に教えておこう。世の中には、お茶の葉を天ぷらにした料理が存在する。それを野菜と呼ばずに何と呼ぶ？　野菜と果物の定義は国によって異なり、日本では生産、流通、消費、それぞれでカテゴライズが変わる。明確な定義が存在しない以上、大切なのは信念だろう。カカオは常緑樹になる果実だ。お茶と同様、僕はそれを野菜と呼びたい」

「……先輩、さっきから何を力説してるの？」

「ちなみにパフェは和製外国語で、語源はフランス語のパルフェだ。余談だが、形が似ているサンデーは、アメリカが発祥のスイーツだから、そもそも……」

「ああー。もう良いよ。分かったってば。好きな物を食べたら良いじゃん」

「ようやく理解出来たようだな」

勝ち誇ったような顔で告げてから、先輩はウェイターを呼ぶためのボタンを押した。

芹愛がこんなに健啖家《けんたんか》だったなんて知らなかった。

パンケーキと大サイズのパフェを二つ、いとも簡単に平らげている。

「お前、甘い物が大好きだったんだな」

「……別に普通だと思うけど」

「そんなに大きなパフェ、俺だったら半分も食べずに飽きちゃうよ」

「食べたかったんだから仕方ないじゃない。……これが最後かもしれないんだし」

「大丈夫だよ。また来たら良いじゃない」

芹愛が告げた言葉の本当の意味を、安奈さんだけが理解していなかった。

「練習を頑張ってさ。また、記録を更新したら食べに来ようね」

楽しそうに告げる安奈さんの横顔が、ただ、それだけで哀しい。

「……安奈さん、今でも時々、ケーキを作ることってあるんですか？」

「ううん。芹愛が甘い物を避けるようになってからは、作らなくなっちゃった。一人だけ食べられないのは可哀想《かわいそう》だもの」

それは、実に安奈さんらしい答えだった。

「一つ、僕からも聞きたいことがあります」

横から千歳先輩が口を挟む。

「安奈さんは何年も前から、いわゆる家事手伝いですよね。どうして高校に進学しなかったんですか？」

「えーと、一応、通ってはいたんだよ。通信制の高校で、授業は月に二回だけだったし、私服で登校していたから、周りの人には分からなかったかもしれないけど」

そうだったのか。まったく気付いていなかった。ニートなのだとばかり……。

「すみません。僕は失礼なことを言ってしまいましたね」

安奈さんは首を横に振る。

「良いの。卒業してからは、千歳君が言う通り家事手伝いだもの。お父さんも芹愛も忙しくしていたから、私が家のことを全部やろうと思って。うち、お母さんがいないから」

やはり安奈さんには亜樹那《あきな》さんの記憶が残っていないようだった。

「あなた自身には、やりたいことがなかったんですか？」

「やりたいことと、出来ることって違うから」

そう言って、安奈さんは困ったような顔で笑ってみせた。


この残酷で不平等な世界には、軽薄な悪意が満ちている。

愛情の隣に、いつも小さな失望が用意されている。

それでも、織原安奈《おりはらあんな》は笑ってみせるのだ。

芹愛が安奈さんを愛しているのは、きっと、血が繋《つな》がっているからだけじゃない。

安奈さんが弱さと強さを兼ね備えた人だから。それが、たまらなく愛おしいから。誰よりも守りたいと願ってしまう。


俺は消えてしまった母親と、顔を合わせれば喧嘩《けんか》ばかりしていた。

母は毎日遅くまで働き、家事も一人で全部やりながら、屑《くず》みたいな息子を見限らずに育てていたのに。見返りを得るどころか、その息子のせいで消し去られてしまった。

母を思い出す度に、やり場のない後悔で気が狂いそうになる。

「ありがとう」も「ごめんなさい」も、何一つ伝えられないまま、俺は最悪の形で別れることになってしまった。

芹愛には俺と同じ思いをして欲しくない。

せめて芹愛と安奈さんだけは、最後まで幸福な家族でいて欲しかった。

## 3

本日、地上十五階建てのホテルに俺たちは宿泊する。

夕食を済ませた午後九時。

織原《おりはら》家の二人が宿泊するツインルームに五人で集まると、千歳《ちとせ》先輩の口から、俺たちにまつわるすべてが、安奈《あんな》さんに告げられていった。


「私は頭が悪いから、皆が話してくれたことの半分も理解出来なかった」

芹愛《せりあ》と手を繋いだまま、寂しそうな笑顔を作って安奈さんが告げる。

「でも、芹愛と、綜士《そうし》君と、雛美《ひなみ》ちゃんが、苦しんできたことは分かったよ。つらかったね。痛かったね。芹愛、私、お姉ちゃんなのに、気付いてあげられなくてごめんね」

千歳先輩が語り終えると、安奈さんはそんな風に言った。

俺たち四人が共謀して自分を騙《だま》そうとしている。そんな風に考えても不思議じゃなかったのに、むしろ、そう思うのが自然なのに、安奈さんは信じようとする。善意で理解しようとする。昔からそうだった。安奈さんは不器用で優し過ぎる人だから、損ばかりしてしまうのに、やっぱり今日も信じようとする。

安奈さんの膝の上には、今朝、時計部から千歳先輩が回収した、雛美のノートが置かれている。それは、一つ前の周回で雛美が書き残した文面が、復元したノートだった。

「もうすぐ、その時がきます」

緊張の声色で、先輩が告げる。

「だけど、こうして五人で一緒にいる限り、綜士のせいで何かが起こることはないと思います。ここは過去に時震《じしん》の影響が及んだ八津代《やつしろ》町ではない。あなたが突然死するわけでもありません。僕らが見張っている限り、どんな事故も起こり得ないはずです」

皆が動きを監視出来るよう、日付が変わるまで、俺はこの部屋にいるつもりだ。その上で、安奈さんには絶対に近付かない。そうすれば、俺のせいで彼女が死ぬなんて状況が発生することはない。

形容し難い緊張感で満たされたツインルームを、耳障《みみざわ》りな秒針の音だけが支配する。

誰も一言も発さないまま、一分、二分と、時計の針だけが進んでいった。

十時五分になり、十分になり、十五分になっても、何も起こらなかった。

沈黙に耐え切れず立ち上がると、全員の視線が俺に集中した。

安奈さんに近付くつもりはない。窓を指差した後で、そちらに歩いていく。

ここは十二階だ。カーテンを開けると、街の夜景が一望出来る。

「……特に何も起きていないですね」

「誰も死なずに済むのかな」

上ずったような芹愛の声が鼓膜に届く。俺たちは悪夢を越えたのだろうか。

消失した十五人は誰一人、取り戻せていない。しかし、今度こそ、俺たちは世界で一番大切な人を、同時に救えたのだろうか。そう思って良いのだろうか。

「やっぱり先輩が言った通り、八津代町を出たことが……」


その時だった。


雛美が言い終えるより早く、足下が小さく震える。

そして、その感覚を確信するより早く、爆発音が遠くに聞こえた。

「君たちは動くな！」

咄嗟《とっさ》に立ち上がろうとした織原姉妹を制して、千歳先輩が隣に駆け寄って来る。

視界に映る光景に変化はなかったが……。

滑り出し窓を開け、先輩と共に見下ろすと、一階の辺りから黒煙が噴き出していた。

「火事……か？」

室内を振り返ると、芹愛たち三人が不安そうな顔でこちらを見ていた。

「芹愛と安奈さんはその場を動かないでくれ。綜士、君はそこにいて二人に近付いては駄目だ。僕が外の様子を見て来る」

「私も行くわ！」

俺たちを部屋に残し、千歳先輩と雛美が部屋から飛び出していった。

三人だけで取り残され、急速に、不安めいた何かが胸に去来する。

今、すべきことは、先輩の指示通り、ここを動かないことだ。俺と安奈さんが一歩も動かなければ、彼女がここで死ぬことはない。そう、思っていたのに……。

突如、警報のようなチャイムが鳴り響く。

『緊急放送。緊急放送。館内一階、ボイラー室にて火災発生。速やかに西側、バスロータリー方面、非常階段より地上への退避を行って下さい。繰り返します。緊急放送……』

火災が発生した……だと？

何故、どうして今……。

血相を変えた千歳先輩と雛美が部屋に戻って来る。そして、二人が口を開くより早く、

「ここのホテルだったんだ……」

茫然とした眼差しで芹愛が呟く。

「どういう意味だ？」

両膝に手をつき、肩で息をしながら先輩が問う。

「この時刻のニュースで、ホテル火災の中継を見た記憶があるんです。まさか、それがこのホテルだったなんて」

「では、これはあらかじめ定められていた事故ということか？」

「どうしよう……。やっぱり、お姉ちゃんは……」

「極論に走るな！　まだ結論は出ていない！　君が中継で見たホテルが、ここだったのなら、この火災は僕らのせいで発生したものではないということだ。本当にただの偶然で、居合わせただけなのかもしれない。落ち着いて考えるんだ」

千歳先輩は冷静な顔で部屋の入口まで向かうと、扉を開け放つ。

我先にと廊下を駆けてゆく客の姿が、俺の位置からでも見えた。

廊下の様子をしばらく観察した後、戻ってきた先輩はテーブルの引き出しから、バインダーのような物を取り出す。何枚かページをめくり……。

「火災の発生源はボイラー室だったな。見ろ。ホテル東側の奥の施設だ。西側の非常階段はほぼ反対側だから焦る必要はない。半ばパニックを起こしている客たちと同時に避難する方が危険だ」

重要なのは、この火災に巻き込まれるか、巻き込まれないか、ではない。この未曾有《みぞう》の混乱の中、安奈さんの命を守れるかどうかだ。

「選択肢は二つ。消火活動が成功すると信じ、動かずに待つのか。非常階段を使って慎重に下りるのかだ」

過去の周回で、安奈さんは階段から滑り落ちて首の骨を折ったことがある。

嫌でも想像してしまう。今、ここで階段を下り始めたら、きっと……。

だけど、ここに残ったとしても、もしも火災が収まらなければ……。


長い沈黙の後で。

「先輩が決めて」

千歳先輩を睨みつけながら、強張《こわば》った声で告げたのは雛美だった。

「それが、多分、一番良い」

「……駄目だ。これはラストチャンスになる。ここで失敗したら、もう救えない。世界で一番大切な人を失うのは僕じゃない。それを決定するのは……」

「それでも、私たちが決めるよりは良いと思います」

震える声で言ったのは芹愛だった。

「私は一人で戦って、その度に失敗してきました。もう怖くてどんな道も選べない。お願いします。先輩が決めて下さい」

雛美と芹愛に見つめられ、千歳先輩は俺を振り返る。

「俺も同じ気持ちです。先輩に選んで欲しい。多分、それが一番正しい」

苦渋の眼差しで、先輩は唇を噛《か》み締める。

「責任は取れないぞ。取り方も分からない」

「たとえ失敗しても誰も責めません。そんなこと、俺たちに出来るはずがない」

唇を噛み締めたまま目を閉じて、千歳先輩は十秒ほど黙考する。それから、

「テレビ中継が入るレベルの大事故だ。火災の規模は想像もつかない。判断を下すには、あまりにも情報が少な過ぎる。避難指示に従い、全員で非常階段を下りよう」

## 4

既に同じ階の客は避難し終えた後なのだろうか。

廊下には俺たち以外の人影がなかった。

避難にエレベーターは使えない。廊下の突き当たりまで走り、扉を開けると、壁沿いに非常階段が設置されていた。

「焦らないで下さい！　大丈夫ですから走らないで、ゆっくり！」

頭上から避難指示の声が聞こえた。声を張り上げ、上層階の客を非常階段に誘導しているのは、消防隊員だろうか。

眼下では一足早く屋外へ退避した客たちが、小雨《こさめ》の中、人混みを作っている。

遠くにサイレンの音が聞こえた。既に何台もの消防車が停《と》まっているが、ここへ向かっている車がまだあるのだろう。

「ボイラー室は反対側だ。焦る必要はない。滑りやすくなっているから慎重に下りよう」

風に流された雨が、非常階段を濡《ぬ》らしている。

「綜士《そうし》、君と安奈《あんな》さんの接点を作りたくない。君が最初に下りるんだ。次に僕と雛美《ひなみ》が行く。安奈さんは芹愛《せりあ》と一緒に最後に下りてくれ。万が一、地震などが発生して転げ落ちても、僕らがクッションになるようにしたい」

千歳《ちとせ》先輩の指示に全員が緊張の面持ちで頷く。

どれだけ慎重に事を進めても、やり過ぎということはない。

これがラストチャンスだ。絶対に失敗するわけにはいかない。

時刻はもう十時半を過ぎている。地上まで無事に下りることが出来れば、安奈さんがこれ以上の危難に襲われることもないはずだ。


俺たちが宿泊していたのは十二階だった。

下りても、下りても、地上につかない。

途中、何度も早足に下りてきた客に追いつかれ、その度に先を譲った。怖いのは避難が手遅れになることではない。不慮の事故により、安奈さんが命を落とすことだ。


長い、長い、降下を経て。

ようやく先頭を進んでいた俺が地上に辿《たど》り着く。

室内に残っている客を探すつもりなのか、下りている最中《さなか》、何度か消防隊員とすれ違っている。しかし、非常階段を見上げると、もう客の姿は俺たち以外に見えなかった。

携帯電話で時刻を確認すると、午後十時四十三分になっていた。

雛美と千歳先輩が最後の階段に差し掛かり、芹愛と安奈さんも二階へと繋がる踊り場に辿り着いた。もう大丈夫だろう。

「あと少しです！　濡れているので気をつけて下さい！」

俺の声を受け、立ち止まった安奈さんがにっこりと微笑《ほほえ》む。

そして、挨拶を返すように安奈さんが手を上げたその時……。


不意に、二階から非常階段へと続く扉が、物凄い勢いで開け放たれた。


扉に押し出される形で安奈さんが突き飛ばされ、その手を摑《つか》んでいた芹愛がよろける。

スローモーションでも見ているかのように、二人の動きが網膜に刻まれていった。

突き飛ばされた安奈さんに引っ張られた芹愛が、足を滑らせて階段を転げ落ち……。

「芹愛！　安奈さん！」

突き飛ばされた安奈さんは、頭から手すりの下の壁に激突していた。

喉《のど》が潰れるほどの強さで二人の名を叫び、地面を蹴って駆け出す。

階段の途中で千歳先輩と雛美に受け止められた芹愛は、激痛に顔を歪《ゆが》めながらも、意識をしっかりと保っていた。

芹愛は大丈夫だ。少なくとも命を落とすほどの怪我《けが》は負っていない。

三人の脇をすり抜け、倒れている安奈さんの傍《そば》まで段飛ばしで階段を駆け上がる。

非常階段の扉の脇には、小学生くらいの男の子が立ち尽くしていた。

今にも泣き出しそうな顔で、少年は固まっている。

頭から壁に激突した安奈さんは、ぴくりとも動かない。

瞼《まぶた》を閉じた安奈さんの頭の下に、うっすらと血だまりが広がり始めていた。

# 5

「……僕のせいだ」

草むらにあったベンチに座り込み、千歳《ちとせ》先輩は深くうなだれる。

その頭と肩を、雨が濡らしていった。

「もっと慎重になるべきだった。僕が一度、地上まで下りて、部屋に残っても問題ないかを、この目で判断するべきだった。避難なんてそれからでも遅くなかった」

隣に立つ雛美《ひなみ》は、先輩にかける言葉を探すように、顔を歪めていた。

「そんなこと……。あの時、判断するのは無理でしたよ。誰にも火災の規模なんて分からなかったんです。それに、事故の瞬間、安奈《あんな》さんが立ち止まっていたのは、俺が地上から声をかけたせいです。接点を作るなって言われていたのに……」

悔やんでも悔やみ切れない。あの時、俺が声をかけなければ、もしかしたら……。

動かない安奈さんと、階段を転げ落ちた芹愛《せりあ》が救急車に運び込まれ、二人がここを去ってから、既に二十分以上が経《た》っている。

救急車に乗った時点で、芹愛にははっきりと意識があった。頭を打っているということもなかった。しかし、未《いま》だ連絡がないため、安奈さんの容体は分からない。

勢いよく突き飛ばされ、まともに頭から壁に激突したのだ。

便りがないのは良い知らせ。安易なことを思えるような事故ではなかった。


消火活動は大詰めを迎えている。

これが、大火災であることは間違いない。だが、甚大《じんだい》な人的被害を出した事故として、人々の記憶に刻まれることはないだろう。

既にほとんど火は消し止められており、鎮火は目前のようだった。

爆発があったというボイラー室の近辺でも怪我人は出ておらず、安奈さんと芹愛以外には、病院へ運ばれた者がないらしい。

本当に、俺たちだけが、事故に遭ったのだ。

運命みたいな何かに弄《もてあそ》ばれるように、俺たちだけが……。

「安奈さんは微動だにしていなかった」

うつむいたまま、先輩は喉の奥から絞り出すような声で告げる。

「綜士《そうし》が生きている限り、安奈さんは生存を許されない。芹愛が語ったルールは、死因が周回によって変わったという事実がある以上、恐らく正しい。ただし、それが八津代《やつしろ》町の中だけで限定されるルールかもしれないという僕の推理も、否定されたわけじゃない。これまでに彼女が亡くなったタイミングは、もう少し早かったはずだ」

「今日の事故が俺とは無関係で、本当に偶然だったってことですか？」

「断定は出来ない。ただ、安奈さんを救える可能性はあったはずだ。僕があと少しだけ、もう少しだけ、注意深くあれば……」

先輩のせいじゃない。そんなことあるはずがない。

誰にも分からないことだったのだ。あんなこと、絶対に予期出来なかった。

雨を手で避けながら、携帯電話で時刻を確認する。

時刻はとっくに午後十一時を過ぎていた。

時震《じしん》が起きていない以上、芹愛の身にタイムリープが発生していないのは間違いない。安奈さんが助かったのか、先輩の仮説が正しく、絶望に至ったとしても芹愛にはタイムリープが起こらないのか、答えはまだ分からない。

現状を把握するため、一人、避難客が集まっているエリアに行ってみることにした。

おおまかな状況は、すぐに知ることが出来た。

避難客は警察の協力の下、順次、近場の宿泊施設へと誘導がなされるらしい。既に移動している客もいたが、消火活動がほぼ完了した今、被害がこれ以上広がらないことは容易に想像がつく。置いてきた荷物を取りに行きたいと訴える客、西エリアなので部屋に戻りたいと訴える客、様々な要求が絡み合い、現場は混沌《こんとん》としていた。

ホテルの従業員も右往左往しているのが現状だ。事態の収拾がつくのは、まだまだ先になりそうだった。

ここで、こうしていても仕方がない。先輩と雛美のもとまで戻ろう。

そんなことを思いながら、きびすを返したその時、携帯電話が着信音を鳴らした。

6

「芹愛《せりあ》から電話がきました」

ベンチに座り、うつむいていた千歳《ちとせ》先輩が顔を上げる。

「病院で安奈《あんな》さんの死亡が確認されたそうです」

「……そうか」

事実を事実として告げただけなのに、声が震えていた。

予想と覚悟は違う。ベクトルは似ていても、確固として別種のものだ。たとえそれが想像出来た顚末《てんまつ》であったとしても、納得なんて出来るはずがない。

「芹愛の身には、タイムリープが起きなかったんだな」

「はい。先輩の仮説が正しかったんだと思います」

雛美《ひなみ》がこの世界へ飛ばされたことで生まれた『余剰の時間』。それは、タイムリープの度に誰かが消えることで相殺されていく。残りの時間が八ヵ月と三週間になった今、跳躍に一年を要する芹愛の身には、タイムリープが発生しなかったのだ。

「断定は出来ないさ。場所的制約の可能性も考えられる。八津代町の外ではタイムリープが起きない。単純にそれだけの話だったのかもしれない。もう確かめる術《すべ》もないがね」

しかし、一つ、はっきりしているのは、これですべてが終わったということだろう。

結局、俺たちは最後まで運命に翻弄され続けただけだった。

誰よりも大切な人を、芹愛は救うことが出来なかったのだ。

「頭の中を整理したい。少し一人にしてくれないか」

過去、何があっても、先輩が『一人になりたい』なんて言ってきたことはなかった。それだけ今回の結末は、致命的で、最終的なものだということなのだろう。

かける言葉も見つからず、雛美と共にその場を離れることにした。

高校生が二人きりで歩いていたら、真っ先に警察に声をかけられそうな時間である。

だが、ホテルの宿泊客が庭に溢《あふ》れているため、目立つことすらなかった。

小雨だから良いようなものの、この後、雨脚が強まったらどうなるのだろう。

雨宿り出来そうな木の下に二人で入り、忙《せわ》しなく動き続ける消防士たちを見つめる。

この火災がどんな風に報道されているのか気になったけれど、あいにく俺の携帯電話ではテレビが見られない。

「お前さ、古賀《こが》さんとは連絡を取ったのか？」

何を話せば良いかも分からず、かまかけのような疑問を口にすると、雛美は携帯電話を操作して、メールの受信画面を見せてきた。

「お土産に頼んだツアーグッズのタオルを、ライブの後に買ってくれたみたい。絶対に買ってきてって、今回は何度も念押ししておいたんだよね。物販に長蛇の列が出来ていたって愚痴ってたから、ライブ後に夜行祭に向かったとしても、絶対、間に合わなかったと思うな。そんなわけで無事でしょ」

俺たちに嘘がばれているなどとは、夢にも思っていないのだろう。

今日も雛美は、白々しく嘘をついていた。

どうして、そんなにも真実を知られることを嫌がるのだろう。何故、俺たちのことを信頼して、本当のことを話してくれないのだろう。

こいつには言ってやりたいことがある。質問したいことも沢山ある。

だが、それは、もう少しだけ先で良い。

何もかもが終わったのだと、きちんと消化出来た後で。

それは、とても難しいことかもしれないけれど、すべてを納得した後で。

それから、膝を突き合わせて聞きたいと思う。


「先輩もそろそろ頭が冷えたかな。ちゃんと考えれば、誰のせいでもないって分かりそうなものだけど。あの人、賢いようで結構、馬鹿なところがあるからな」

雛美は千歳先輩のことを、どう思っているんだろう。

千歳先輩は情に流されたか、未知のウイルスにやられたかで、いつの間にか雛美のことを好きになってしまっていた。先輩の想《おも》いを知ったら、どんな顔をするのだろうか。

「様子を見てきたらどうだ？」

「綜士《そうし》は戻らないの？」

「……芹愛のいる病院に行ってみようと思う。このままだと芹愛は亡くなった安奈さんと二人きりで夜を越すことになるだろ？　葬儀の手続きとかさ、よく分かんないけど、さすがに一人じゃ可哀想かなって」

「そっか。そうだよね。そういうこと……だもんね」

俺たちはタイムリープの度に、何人も友人や家族を失ってきた。既に十分過ぎるほどに、感覚が麻痺《まひ》しているのだろう。消失した命のことを思えば、たった一人のためだけに慟哭《どうこく》するのも難しい。それでも、

「私も一緒に行こうか？」

「いや、一人で行くよ。人が多いと芹愛も気を遣うだろうから。本当に助けが必要だって思ったら電話する。そっちも今日の宿泊先が決まったら教えてくれ」

「分かった。じゃあ、先輩のお守《もり》は任せて」

雛美と別れ、通り沿いに集まっていたタクシーに乗り込む。

芹愛と安奈さんが救急車で運び込まれた病院は、すぐ近くにあったようで、五分ほどで到着することになった。

見上げた先にあったのは、九階建ての総合病院。

こんな時間だ。既にほとんどの部屋が消灯されている。

タクシーに乗る前に、俺は一つだけ、雛美に嘘をついた。

嘘とまでは言えないかもしれないが、事実のすべてを告げることはしなかった。姉と共に運び込まれた病院の名前を告げた後で、芹愛が「一人で会いに来て欲しい」と言っていたのだ。

俺はその理由を尋ねなかったし、彼女もまた、それ以上の説明をしていない。

夜間通用口から中に入り、到着したことをメールで告げると、一分もしない内に、予想外の返信が返ってきた。

『屋上で待ってる』

芹愛から送られてきたのは、たった一文の短いメールだった。

屋外では小雨が降っている。感傷に浸ろうにも、星も見えない夜だ。

何故、屋上になんていているのだろう。

急速に、心臓が早鐘を打ち始める。

不安に支配される胸を押さえて、エレベーターのボタンを押した。

# 7

屋上へと続く扉は、開錠されていたのだろうか。

扉のすぐ脇、軒下に設置されたベンチに腰掛け、芹愛《せりあ》が一人、遠くを眺めていた。

広々とした屋上には、あちらこちらに物干し竿《ざお》が立っている。

「怪我、大丈夫だったのか？」

ベンチに腰を下ろして尋ねると、芹愛はスカートをめくって膝小僧を見せてきた。絆創《ばんそう》膏《こう》が貼られている膝よりも、細くて長い脚に意識が向いてしまう。

「たったこれだけ。打撲もしているけど、怪我は慣れてるから」

スカートを戻し、芹愛は哀しそうに笑って見せる。

「普通なら、階段から転げ落ちた私の方が、大怪我になるのにね」

何も言えない俺に対し、芹愛が問う。

「ねえ。どうして、また、お姉ちゃんだったんだと思う？」

「……俺が生きていたからかな」

この世界は十月十日の午後十時を境に、杵城綜士《きじょうそうし》と織原安奈《おりはらあんな》が同時に生きることを許さない。それが、タイムリープを繰り返し続けた芹愛に明かされた世界の因果だ。

「本当にそう思う？」

「お前が言ったんじゃないか。俺と安奈さんのどちらかしか生きられないって」

「そうじゃなくて、今回のこともそうだったと思う？」

「質問の意図がよく分からない」

「私は九回、タイムリープをしている。その内、お姉ちゃんが死ぬ瞬間を見たのは六回だけど、いつも午後十時になってすぐのことだった。だけど、今日は違った気がするの」

「地上に下りた時に時刻を確認した。十時四十三分だったよ」

芹愛の目の奥で何かが光った。そんな気がした。

「もう一つ、質問しても良いかな」

「聞きたいことは何でも聞いて良いよ」

「……今日のお姉ちゃんの事故に、綜士は自分が関わっていたと思う？」

清廉潔白な彼女の瞳が、真っ直ぐに俺を捉えていた。

「私が過去に見てきたお姉ちゃんの死には、必ず綜士が関わっていた。だけど、今日もそうだったって言えると思う？　お姉ちゃんを突き飛ばしたのも、その身体を支え切れなかったのも、綜士じゃない。綜士の意志であのホテルに宿泊したわけでも、火事が起きたわけでもない」

「どうかな。あの男の子が扉を開けた時、安奈さんが立ち止まっていたのは、俺に声をかけられたからだ。無関係とは断定出来ない気がする。ただ、死因の発生時刻がこれまでとは明らかに違うから……」

　胸の辺りで両手を握り締め、芹愛はうつむく。

「どうしても考えてしまうの。今回は救えたんじゃないかって。私のタイムリープが終わったように、お姉ちゃんと綜士を繋ぐ因果もほどけていたんじゃないかって。あれは……本当にただの事故だったのかもしれないって」

　芹愛は表情の作り方を忘れた人形のような顔をしていた。

「綜士。私、これから本当に最低なことを質問するから、そうすべきだと思ったら、迷わず私を殴って」

「俺は一度、お前を泥棒に仕立てあげた人間だぞ。どの面下《つら》げて、そんなこと……」

「次に綜士がタイムリープをしたら、消えるのは誰？」

　殴られても構わない。本気でそう考えているのだろう。

　頬を引きつらせながらも、芹愛は俺から目を逸《そ》らさなかった。

　芹愛の覚悟が胸の砂地に落ち、

「……父親だと思う」

　偽りのない回答が喉から溢れた。

多分、間違いない。千歳《ちとせ》先輩や雛美《ひなみ》が消える可能性も頭をよぎったが、まず確実に、父親の方が二人よりも先に消えるはずだ。

『大切な人間から消えてしまうのは、感情が現象の根幹に関わっているからだ。絶望がトリガーになっているせいで、想いの矛先になりやすい人物から消失してしまう』

以前、千歳先輩はそう言っていた。もう八年という時が経つのに、母と離婚し、家を出て行った父のことを、俺は未だに赦《ゆる》せていない。想いの矛先になりやすい人物から消失するというのであれば、俺のタイムリープで次に消える人物は、父親以外に有り得ない。

「……そっか。そうだったね」

倫理観に責められ、言葉に詰まった芹愛が何を考えているのかくらい想像がつく。

そんなこと口にしてはいけない。考えてはいけない。己に言い聞かせて、芹愛は必死に自制したのだ。しかし……。

「あいつは俺たちを捨てた男だ。義理立てする理由はない」

気付けば、唇からそんな言葉が零れ落ちていた。

父を憎んでいるわけじゃない。思い出も、感謝も、一繋ぎの記憶として、この胸に残っている。だが、捨てられたのだという思いは消えやしない。何より……。

「俺たちは沢山のものを失ってきた。お前は友達を全員失ったんだろ？　友達も、先輩も、後輩も、先生も、家族も失《な》くして、一番大切な人まで救えなかったんじゃ、馬鹿みたいじゃないか。お前だけは絶対に救われなきゃいけない。そうでなくちゃ駄目なんだ。だから芹愛が望むなら、もう一度、最後に挑戦してみたいなら、俺は構わない」

「でも、綜士のお父さんは……」

「天秤《てんびん》にかけたわけじゃない。ただ、誰よりも苦しんできたお前が、最後に絶望で終わるようなエンディングだけは、どうしても許せない。俺も受け入れられない」

愚かで最低なことを言っている。自分でもそう思う。

だけど、理屈じゃないのだ。芹愛が涙で終わる結末だけは、絶対に認められない。

この世界に残っている余剰の時間は、八ヵ月と三週間。千歳先輩の仮説が正しければ、芹愛は無理でも、一ヵ月時間を巻き戻せる俺なら過去に跳躍出来る。

「……そんなことを言われたら、私、最低な人間だから、本当に甘えちゃうよ」

後ろ髪を引かれるような顔で、芹愛がベンチから立ち上がる。

「今まで一番苦しんできたのはお前だ。だから、お前にだけは、その資格があるよ」

うっすらと涙の浮かぶ瞳で見つめられた。

ずっと、芹愛に赦されることだけを、願い続けてきた気がする。

叶《かな》うとも、届くとも、思っていなかったけれど……。

「これで、五年前の償いが少しは出来るかな」

「……別に。そんなこと、もう、とっくにどうとも思ってない」

「ずっと、後悔していた。後悔だらけの五年間だったんだ。お前に謝りたくて、あの過ちを取り返したくて、それなのに、何も出来ないままだった。どうせ過去に飛ばされるんなら、五年前に戻れたら良かったのにな。そうしたら俺は……」

「だから、もう別に何とも思ってないって」

「じゃあ、同じだな」

「同じ？」

「俺も何とも思わないよ。たとえ家族を失ったとしても、お前を救えるのなら、そんなことは代償でも何でもない。何とも思わない」

こんなことを平気で言ってしまえる俺は、やはり根幹の部分で何かが歪んだ人間なのだろう。しかし、芹愛を救えるのなら、それで良い。そう思ってしまう心は制御出来ない。

背の高さまであるフェンスを容易《たやす》くよじ登り、芹愛はその向こう側に降り立つ。

九階建ての病院の屋上だ。頭から落ちれば助かることはないだろう。

「綜士がタイムリープをしたらどうせ忘れるから、最後にもう一つ聞いても良いかな」

フェンスの向こうに立つ、芹愛の顔から表情が消える。

「ずっと、聞いてみたかったんだけど」

「何？」

「……どうして私が死ぬと、綜士がタイムリープするの?」

今日まで、芹愛はそれを俺に聞いてこなかった。

俺が死ぬと雛美がタイムリープすること。それを悟った後でも、俺たちが雛美の前で気付かない振りを続けたように、芹愛もまた、その質問だけは今日までしてこなかった。

「逆に聞くけど」

気付けば、雛美の口癖が飛び出していた。

「好きだからとか、そういう理由以外で、タイムリープすると思うのか?」

芹愛の口がポカンと開く。

本当に、その可能性を考えていなかったんだろうか。

それ以外に、どんな理由を想像していたというのだろう。

「だって、綜士は私を泥棒に……」

「その後からだよ。馬鹿みたいだろ? 気持ち悪いだろ? 自分でも頭がおかしいんじゃないかって思うよ。でも、そうなんだから仕方ない」

「……私を好きになるって、仕方ないことなんだね」

芹愛の顔に、自嘲《じちょう》にも似た寂しそうな笑顔が浮かぶ。

「いや、そういう意味じゃないけど」

「男の子に好きって言われたのは初めて」

「……そうなのか？」

「高校生になってから、女子にはもてるようになったんだけどね」

苦笑いと共に、そんなことを告げられた。

「せっかく告白されたのに、忘れてしまうのは、ちょっともったいないかな」

「お前なら、これから幾らでもそんな機会はあるさ。俺みたいな屑《くず》じゃなくて、もっとまともな、ちゃんとした奴に」

安奈さんを救って、今度は普通の男に好かれて。

そうやって、芹愛が当たり前みたいな人生を、幸せに歩んでくれたら良い。

失ってしまった友達も、家族も、取り戻せやしないから、消せない痣《あざ》は残るだろう。

それでも、いつかの未来では、きっと……。

「綜士。ありがと。次で本当に最後の戦いだね」

「その前に、もう一度、お前に俺たちのことを信じてもらわないといけないけどな。今回も苦労したっていうか、時間がかかったし」

芹愛がすべてを話す気になったのは、泰輔《たいすけ》さんが亡くなった後のことだった。

「ごめん。私、頑固だし、心を閉ざしていたから。……でも、そういうのを言い訳にして、皆に大変な思いをさせるのも嫌だから伝えておく。人生で誰にも話していないこと、絶対に誰にも話さないって誓っていたことがあるの。それを、タイムリープした後で伝えてくれたら、前の周回の私が心を許したんだって、さすがに気付けると思う」

誰にも話すつもりがなかったこと？

見たことのない種類の微笑が、芹愛の顔に浮かぶ。

「私が五年前、綜士を庇《かば》ったのはね。綜士に憧れていたからだよ」

何を言われているのか、理解出来なかった。

「覚えていないかもしれないけど、男の子たちにいじめられていたお姉ちゃんを、綜士が助けてくれたことがあった。あなたにとっては些細《ささい》なことだったかもしれない。でも、私にとっては革命的な事件だった。あの日から、ずっと、綜士に憧れていた」

安奈さんの自転車を取り返したとか、そんなことはあった気がする。しかし、あの頃、許せない上級生と喧嘩したことは何度かあった。いつの話をされているのか、まったく思い出せない。

「綜士が私を嫌っていて、悪者にしたいなら、それでも良いって思った。綜士はお姉ちゃんを守ってくれた人だから、恩返しをしようって。それで全部、終わりにしようって」

芹愛の笑顔が崩れる。

「でも、結局、何にも終わりになんてならなかったね」

フェンスから手を離し、彼女が一歩、後ずさる。

「次に会えた時、今度こそ私たちは間違えないでいられるかな」

それが、十六周目の世界で聞いた、芹愛の最後の声になった。

彼女の姿が一瞬で見えなくなり、眼下を覗《のぞ》くまでもなく時震が始まる。

どうやらタイムリープの発生に、八津代町という地理的条件は関係なかったらしい。

世界で一番大切な人の死を認識し、『絶望』することで、俺たちはタイムリープに至る。

しかし、今、この胸に灯《とも》るのは、『絶望』ではなく『覚悟』な気がした。

次で本当に最後だ。もう二度と失敗は許されない。

今度こそ、俺たちは絶対に間違えない。

# 8

首元が汗でぐっしょりと濡れ、頭が割れるように痛んでいた。

何処《どこ》でタイムリープが発生しても、目覚める場所は同じらしい。ベッドに寝そべったままデジタルクロックに目をやると、九月十日、木曜日の午前八時半と表示されていた。

最初のタイムリープで目覚めたのは、午前七時頃だった。夜行祭後に帰宅し、母親に芹愛《せりあ》が死んだことを聞かされたのは、午後十一時前の出来事である。

目覚めた時間の誤差から推察するに、今回、芹愛が命を絶ったのは、日付が変わった後のことだったのだろう。

十六周目の世界でも、俺たちは失敗してしまった。とはいえ、悪夢のループを抜け出すために知るべき情報は、ほぼ手に入れたような気がする。あとは安奈《あんな》さんを救って、この負の連鎖を断ち切るだけだ。

十六周目の世界で起きたことを伝えれば、千歳《ちとせ》先輩が必ず、ベストな方法を見つけてくれるはずだ。

もう一度、同じ一ヵ月を俺はやり直さなければならない。

それなのに、以前のような絶望感はまったくなかった。

『私が五年前、綜士《そうし》を庇ったのはね。綜士に憧れていたからだよ』

タイムリープの直前、芹愛に聞かされた言葉が、何度もリフレインする。

過去に犯した過《あやま》ちは消えない。

芹愛を失望させたことも、傷つけてしまったことも、なかったことには出来ない。

しかし、取り返しがつかないまでに軽蔑されていたわけではなかった。

五年前のあの日、俺は一度、確かに彼女に見限られている。だが、芹愛は俺の謝罪を受け入れてくれた。怨嗟《えんさ》にまみれて耳を塞いだりはしなかった。


奪ってしまった彼女の幸福な日々を、この手で取り戻すこと。

それ以上に望むことなど俺にはない。

芹愛のために戦うことが許されているという事実だけで、心は奮《ふる》い立つ。

嘆《なげ》くだけの日々は、腐るだけの日々は、もう終わりだ。

この手で終わらせなければならないのだ。


十六周目の世界で、玄関を出た先には千歳先輩と雛美《ひなみ》が待っていた。

二人は俺がもう一度、タイムリープしたなどとは思っていないはずだから、今日も同じように待っていることだろう。

身体は空腹を訴えていたけれど、朝食を食べる時間ももったいない。

一刻も早く、十六周目の世界で知ったすべてを、二人に伝えたかった。

制服に着替え、一階に下りると、顔を洗って歯を磨いた。


これから、もう一度、九月十日が始まる。

それは、もう二度と繰り返されることのない九月十日だ。

一分を、一秒を、大切に生きなくてはならない。

失われた人たちの分まで、俺たちが胸を張って生きていかなければならない。


靴紐《くつひも》を結び、玄関の扉を開けると、予想通りの顔があった。

「綜士！」

俺の名前を叫び、門を開けて鈴鹿雛美《すずかひなみ》が駆け寄って来る。そのまま雛美は、俺の襟元を両手で摑んできた。彼女の勢いに押されて、たたらを踏む。

「危ないだろ。転ぶところ……」

「そんなことより私の質問に答えて！」

今にも泣き出しそうな顔で、雛美は俺を睨みつけていた。

「何があったの？　ねえ！　何をしたのよ！」

そして、膝から崩れ落ちた彼女の口より、最悪の真実が告げられる。

「千歳先輩が世界から消えている！」

最終幕『君と時計と雛の嘘』に続く

# あとがき

綾崎隼は激怒した。必ず、かの暗愚魯鈍《あんぐろどん》な過去の自分を除かねばならぬと決意した。綾崎は小説家である。小説を書き、さしたるブレイクも経験せずに暮らしてきた。けれど、あとがきに対しては、人一倍敏感であった。

綾崎には理由が分からぬ。六ヵ月前、綾崎はあとがきの執筆を開始し、苦難を乗り越えて第一幕のあとがきを完成させた。誰にでも間違いはある。その時、第一幕のあとがきを書いてしまったことは致し方ない。しかし、問題は第二幕である。

第一幕であとがきを書いたことを後悔しているのであれば、どうして第二幕でもあとがきを書いたのか。三ヵ月前の綾崎が第二幕のあとがきを書かなければ、第三幕の綾崎は、あとがきから救われたのだ。

「ははーん。さては第一幕と最終幕にだけ、あとがきがあるタイプのシリーズだな」

などと心優しい読者は当意即妙に理解してくれたはずなのだ。しかし、もう遅い。

私は負けたのだ。だらしが無い。笑ってくれ。王は私にちょっと遅れて入稿しろ、と耳打ちした。巻末には広告を代わりに載せて、私を助けてくれると約束した。

ああ、何もかも、ばかばかしい。私は、醜い裏切り者だ。

ふと、耳に潺々《せんせん》、水の流れる音が聞こえた。そっと頭をもたげ、息を呑《の》んで耳をすました。その泉に吸い込まれるように綾崎は身をかがめた。水を両手で掬《すく》って、一くち飲んだ。夢から覚めたような気がした。歩ける。行こう。

入稿までには、まだ間がある。私を、待っている人があるのだ。少しも疑わず、あとがきがあると静かに期待してくれている人があるのだ。私は、信じられている。締切なぞは、問題ではない。死んでお詫《わ》び、などと気のいいことは言って居られぬ。私は信頼に報《むく》いなければならぬ。いまはただその一事だ。

走れあとがきを書け！　綾崎。


「君と時計」シリーズは、講談社より発売の月刊誌ＡＲＩＡにて、西ノ木はら様によるコミカライズがスタートしています。ぜひ、チェックしてみて下さいね！

それでは、最終幕『君と時計と雛《ひな》の嘘《うそ》』でも、皆様と会えることを願いながら。

綾崎《あやさき》 隼《しゅん》

本書は書き下ろしです。

〈著者紹介〉
綾崎 隼（あやさき・しゅん）
2009年、第16回電撃小説大賞選考委員奨励賞を受賞し、『蒼空時雨』（メディアワークス文庫）でデビュー。「花鳥風月」シリーズ、「ノーブルチルドレン」シリーズなど、メディアワークス文庫にて人気シリーズを多数刊行している。近著に『レッドスワンの奏鳴』（KADOKAWA／アスキー・メディアワークス）がある。

# 君《きみ》と時計《とけい》と雨《あめ》の雛《ひな》
## 第三幕《だいさんまく》

2016年5月18日　第1刷発行　　定価はカバーに表示してあります

著者……………………綾崎《あやさき》 隼《しゅん》

発行者……………………鈴木　哲
発行所……………………株式会社 講談社
〒112-8001 東京都文京区音羽2-12-21
編集03-5395-3506
販売03-5395-5817
業務03-5395-3615

本文データ制作…………講談社デジタル製作部
印刷………………………凸版印刷株式会社
製本………………………株式会社国宝社
カバー印刷………………慶昌堂印刷株式会社
装丁フォーマット………ムシカゴグラフィクス
本文フォーマット………next door design



ISBN978-4-06-294017-7　N.D.C.913　276p　15cm

『君と時計シリーズ』が早くも
コミカライズスタート!!
君と時計と嘘の塔
KIMI TO TOKEI TO USO NO TOU
Syun Ayasaki / Hara Nishinoki / pomodorosa
【原作】綾崎隼 【漫画】西ノ木はら
【キャラクター原案】pomodorosa
毎月28日ごろ発売
ARIAにて絶賛連載中!

コミカライズ版

# キャラクターデザインはこちら!

杵城綜士
Soushi Kijou

織原芹愛
Seria Orihara

草薙千歳
Chitose Kusanagi

鈴鹿雛美
Hinami Suzuka

## 西ノ木はらさんからメッセージ!

『君と時計シリーズ』漫画版を担当している西ノ木はらと申します。漫画で「この場面ではこういう表情をしていたんだ」「タイムリープの表現はこうなんだ」など、原作ファンの皆様に新たな発見をしていただければ嬉しいです!

講談社
タイガ

君と時計シリーズ

# 綾崎 隼

## 君と時計と嘘の塔

### 第一幕

イラスト
pomodorosa

大好きな女の子が死んでしまった——という悪夢を見た朝から、すべては始まった。高校の教室に入った綜士《そうし》は、ある違和感を覚える。唯一の親友がこの世界から消え、その事実に誰ひとり気付いていなかったのだ。綜士の異変を察知したのは『時計部』なる部活を作り時空の歪みを追いかける先輩・草薙《くさなぎ》千歳《ちとせ》と、破天荒な同級生・鈴鹿《すずか》雛美《ひなみ》。新時代の青春タイムリープ・ミステリ、開幕！

講談社タイガ

君と時計シリーズ

綾崎 隼

# 君と時計と塔の雨

第二幕

イラスト

pomodorosa

愛する人を救えなければ、強制的に過去に戻され、その度に親友や家族が一人ずつ消えていく。自らがタイムリーパーであることを自覚した綜士《そうし》は、失敗が許されない過酷なルールの下、『時計部』の先輩・草薙千歳《くさなぎちとせ》と、不思議な同級生・鈴鹿雛美《すずかひなみ》と共に、理不尽なこの現象を止めるため奔走を始める。三人が辿り着いた哀しい結末とは!? 新時代のタイムリープ・ミステリ、待望の第二幕!

講談社
タイガ

# 青崎有吾

## アンデッドガール・マーダーファルス　1

イラスト
大暮維人

吸血鬼に人造人間、怪盗・人狼・切り裂き魔、そして名探偵。異形が蠢《うごめ》く十九世紀末のヨーロッパで、人類親和派の吸血鬼が、銀の杭《くい》に貫かれ惨殺された……!?　解決のために呼ばれたのは、人が忌避する"怪物事件"専門の探偵・輪堂鴉夜《りんどうあや》と、奇妙な鳥籠を持つ男・真打津軽《しんうちつがる》。彼らは残された手がかりや怪物故《ゆえ》の特性から、推理を導き出す。謎に満ちた悪夢のような笑劇《ファルス》……ここに開幕！

講談社タイガ

# 似鳥 鶏

## シャーロック・ホームズの不均衡

イラスト
丹地陽子

両親を殺人事件で亡くした天野直人《あまのなおと》・七海《ななみ》の兄妹は、養父なる人物に呼ばれ、長野山中のペンションを訪れた。待ち受けていたのは絞殺事件と、関係者全員にアリバイが成立する不可能状況！推理の果てに真実を手にした二人に、諜報機関が迫る。名探偵の遺伝子群を持つ者は、その推理力・問題解決能力から、世界経済の鍵を握る存在として、国際的な争奪戦が行われていたのだ……！

講談社タイガ

Wシリーズ

# 森 博嗣

## 魔法の色を知っているか？

What Color is the Magic?

イラスト
引地 渉

チベット、ナクチュ。外界から隔離された特別居住区。ハギリは「人工生体技術に関するシンポジウム」に出席するため、警護のウグイとアネバネと共にチベットを訪れ、その地では今も人間の子供が生まれていることを知る。生殖による人口増加が、限りなくゼロになった今、何故彼らは人を産むことができるのか？

圧倒的な未来ヴィジョンに高揚する、知性が紡ぐ生命の物語。